An alle stillen Rebellen

Christiane Schmalen

ZwischenRealitäten

Bibliografische Information der Deutschen Nationalbibliothek:
Die Deutsche Nationalbibliothek verzeichnet diese Publikation
in der Deutschen Nationalbibliografie; detaillierte
bibliografische Daten sind im Internet über dnb.dnb.de
abrufbar.

Herstellung und Verlag:
BoD – Books on Demand, Norderstedt

ISBN- 978-3-7504-2525-5

Prolog

„[...]
Die Flut. Ein Sturm. Braust, brüllend, flüsternd. Worte. Sätze.
Ich weiß, was es heißt. Ich weiß es nicht. Ich kenne die Sprache. Ich kenne sie nicht.
Will etwas sagen, doch sage es nicht. Ich kenne die Worte. Ich kenne sie nicht.
Wer spricht? Ich höre. Ein Wort. Ich verstehe das Wort. Ich kenne es nicht.
Ich spreche die Sprache. Vorsichtig. Leise. Wird wer mich hören? Ich spreche die Sprache. Sie sprechen sie nicht.
Ich denke die Sprache. Sie flüstert mir zu. Ich spreche die Sprache. Ich kenne sie nicht.
[...]"

Auszug aus „Der Wandler", von Nng'a der Wanderpoet, Zyklus 3.2 nach dem Apfel.

Die Fabel der fünf Füchse

Oder: Der Mann, der all seine Boten erschlug

Es war einmal ein Mann, der glaubte er liebe die Frauen. In Wahrheit jedoch liebte er nur sich selbst. Sein Name war Finnegan Short.

Eines Tages begab er sich auf eine Vergnügungsfahrt mit einem großen Schiff. An Bord befanden sich zahlreiche junge Damen eines jeden Standes, und er wähnte sich im Himmel. Jeden Morgen frühstückte er mit einer anderen Frauensperson, verbrachte den Tag mit ihr an Deck und besuchte mit ihr die Abendveranstaltung.

Die Damen tuschelten schon untereinander, er sei ein reicher Prinz auf Brautschau und wolle sie alle einmal kennenlernen, bevor er sich entscheide. Sie bewunderten ihn dafür, dass er sich so viel Mühe mache. Jede dachte von sich, die Richtige für den Prinzen zu sein, und träumte schon von einem Leben in Reichtum.

Den so genannten Prinzen plagten jedoch keinerlei Hochzeitsgedanken. Er wollte nur allen Damen seine Ehre erweisen, denn er hielt es für eine Ehre, dass sie mit ihm speisen und den Tag verbringen durften. Diese Meinung beruhte in keiner Weise auf der Tatsache, dass er ein Prinz war.

Finnegan Short war ein Tagedieb. Er lebte vom Reichtum anderer und verstand es immer, sich einen neuen Sponsor zu verschaffen, sobald ihm einmal die Knete ausging. Dieses Mal hatte er einem reichen alten Gutsbesitzer erklärt, er wolle ein Buch über die schönsten Frauen der Welt schreiben und sein Gefühl als Künstler sage ihm, dass eine Vergnügungsfahrt mit einem Luxusdampfer die beste Gelegenheit sei, ebensolche Damen zu treffen.

Da Finnegan sich selbst nicht für einen Betrüger hielt, machte er sich des Abends auch fleißig Notizen, wenn er nach der Abendvorstellung weinselig in sein Zimmer wankte. Denn weiter als gemeinsames Essen und Flanieren an Deck ging Finnegan nie - er war schließlich ein anständiger Kerl.

Sie waren schon eine Weile auf See, da ließ der Kapitän verlauten, sie würden bald den ersten Hafen anlaufen und dort für drei Tage bleiben.

Es war eine schöne Stadt im Süden, warmes trockenes Klima, mit den allerbesten Gasthöfen. Verschwiegene schmale Gassen und bezaubernde, weiß getünchte Häuser luden geradezu zu abendlichen Spaziergängen ein. Die mit bunten Blumen geschmückten Häuser bildeten einen fabelhaften Kontrast zum strahlendblauen Nachmittagshimmel, ebenso wie zum indigofarbenen Abendhimmel. Eine Landschaft, wie sie jedes Malerherz hätte höher schlagen lassen.

In dieser Stadt begegnete Finnegan seinem ersten Fuchs. Nicht, dass er noch nie einen Fuchs gesehen hätte. Doch dies war die erste einer Reihe von denkwürdigen Begegnungen und Finnegan meisterte die Herausforderung mit dem üblichen Mangel an Weitblick und Anstand.

Es war noch früh am Morgen und Finnegan war dabei, nach einer anständigen Bäckerei zu suchen, da er der heutigen Dame seines Herzens ein Frühstück versprochen hatte, wie sie es daheim gewohnt war: Brötchen und Speck mit Eiern, dazu Croissants, Orangensaft und einen starken Filterkaffee (statt dem an Bord üblichen süßen Kuchen mit Früchten und noch süßerem Tee).

Es war ein schwieriges Unterfangen und Finnegan überlegte schon, ob er die Dame mit seinem Charme und gebratenem Fisch beschwichtigen könnte, da lief ihm dieser Fuchs über den Weg, ein altbackenes Croissant im Maul. Der Fuchs ließ vor Schreck seine morgendliche Beute fallen, als er Finnegan da stehen sah und rannte in die entgegengesetzte Richtung davon.

Finnegan nahm die Verfolgung auf, in der Hoffnung, der Fuchs würde ihn zum Urheber des Croissants führen.

Tatsächlich führte der Fuchs ihn zu einer ganzen Reihe von Backstuben. Diese belegten offenbar ein eigenes Viertel und schienen nur dazu da zu sein, die großen Hotels zu beliefern, denn keine verfügte über einen Verkaufsraum. Der Fuchs war stehen geblieben und beobachtete, wie Finnegan an den Bäckereien vorbeischlenderte. Als er sah, dass der Mann sich immer weiter von ihm entfernte, ließ er sein eigentümliches Fuchsbellen vernehmen. Finnegan wandte sich zu ihm um, nahm seine Schleuder aus der Tasche und erledigte den Fuchs mit einem Schuss. Anschließend trat er in die erstbeste Backstube und überredete den Bäckermeister, ihm Croissants und Brötchen zu überlassen.

Als er das Viertel wieder verließ, starrte ein wunderhübsches Augenpaar ihm lange nach und verwünschte ihn. Nachdem Finnegan außer Sicht war, hob die anmutige Gestalt den toten Fuchs von der Straße und schleppte ihn zu einem Fleckchen Erde, wo sie ihn begrub.

Finnegan jedoch verbrachte einen angenehmen Tag mit seiner Verabredung und hatte keine Ahnung, dass er gerade die jüngste und hübscheste der fünf Töchter des reichsten Kaufmannes der Stadt nicht kennengelernt hatte.

Am darauffolgenden Tag setzte das Schiff seine Reise fort und sie kamen langsam in tropischere Gefilde. Delfine begleiteten das Schiff während Stunden und immer mal wieder verirrte sich ein bunter Vogel an Deck. Da sie an der Küste entlangfuhren, hatte man, je nach Wetterlage, Blick auf üppige Wälder, manchmal unterbrochen durch herrliche Sandstrände und gelegentliche schroffe Felsformationen. Das Gestein war fast schwarz und wirkte eigentümlich bedrohlich in dieser sonst so angenehmen Landschaft.

Finnegan hatte sich bereits mit fast allen jungen Damen einmal verabredet und überlegte nun, ob er später noch einmal von vorn beginnen sollte oder sich im Anschluss auch für die älteren Damen erwärmen könnte. Bevor er eine Entscheidung getroffen hatte, liefen sie in den nächsten Hafen ein. Es war mehr ein Dorf denn eine Hafenstadt, gebaut in die bösartigen schwarzen Felsen, die über den Hafen hinausragten wie eine Drohung gegen jeden ungebetenen Besucher.

Offenbar war dieser Ort ursprünglich ein Piratenunterschlupf gewesen und die Damen rissen sich darum, die alte Piratensiedlung mit Finnegan zu erkunden. Schlussendlich einigten sie sich darauf, in einer lustigen Gruppe loszuziehen, wobei die anderen Mannsbilder eher geduldet als erwünscht waren. Da es schon später Nachmittag war, stürmten die jungen Menschen gleich die erste Strandtaverne und die Damen ließen sich ganz ungeniert Drinks von den gelittenen Herren im Bunde spendieren. Ihre Blicke und ihre ganze Aufmerksamkeit galten jedoch allein Finnegan.

Eine der wenigen Damen, mit denen er sich bisher noch nicht verabredet hatte, überredete Finnegan zu einem Strandspaziergang. Den gerafften Rock in der einen, das Sonnenschirmchen in der anderen Hand, hüpfte sie barfuß in die Wellen, während Finnegan ihre Schuhe halten durfte. Etwas genervt über die Entwicklung, die dieses Rendezvous zu nehmen schien - diese Frau interessierte sich doch tatsächlich mehr für schäumendes Salzwasser als für ihn - ließ Finnegan seinen Blick umherschweifen, um sich abzulenken. Da sah er im Licht der untergehenden Sonne einen Schatten durch die Dünen huschen. Neugierig machte er sich daran, die kleine Gestalt zu verfolgen.

Als er das Wesen zwischen borstigem Dünengras endlich stellte, sah er, dass es ein Fuchs war. Er glich dem vorigen so genau, dass es eben derselbe hätte sein können.

Etwas verwirrt über die Ähnlichkeit murrte Finnegan: „Willst du dich etwa beschweren? Ha, ich werd's dir zeigen!"

Er holte mit den Schuhen, die er immer noch in der Hand hielt, aus, und warf sie dem Fuchs an den Kopf. Zufrieden schlenderte er zu seiner Verabredung zurück. Diese war jedoch bereits in die Taverne zurückgekehrt, etwas verstimmt darüber, dass er sich mit ihren Schuhen aus dem Staub gemacht hatte.

Wie sie ihn nun fragte, wo er denn gewesen sei, antwortete er nur, nicht ohne Stolz: „Oh, ich habe wieder einen Fuchs erschlagen. Ich bin gut darin."

Die junge Frau hatte nur einen entsetzten Blick für Finnegan übrig und machte von nun an einen großen Bogen um ihn.

Sie verweilten noch vier weitere Tage in dem ehemaligen Piratennest, dann setzte das Schiff Kurs auf den nächsten Hafen, eine große und berühmte Küstenstadt, in der noch zusätzliche Gäste an Bord kommen sollten.

Die Fahrt dorthin war weniger beschaulich, als die Passagiere es bislang gewohnt waren, sie gerieten sogar in einen waschechten Sturm und kamen vom Kurs ab. Der Kapitän war gezwungen an einem weniger stark besuchten Hafen anzulegen, um einige Schäden an dem stolzen Schiff reparieren zu lassen. Er riet seinen Fahrgästen vom Landgang ab, da sich hier allerlei zwielichtige Gestalten herumtrieben.

Dies ermutigte Finnegan erst recht zu einem kleinen Ausflug und er konnte sogar einen seiner Rivalen überreden, ihn zu begleiten. Sie schlichen sich bei Einbruch der Dämmerung von Bord und kehrten in der erstbesten Spelunke ein, einem Lokal mit dem bildhaften Namen 'Der Kopf der Alten'. In der Kaschemme war es fast dunkler als vor der Tür, und das, obwohl die Lichter brannten. Wie Leuchtturmfeuer wiesen sie den beiden Ausflüglern den Weg zum Tresen durch dichten alkoholgeschwängerten Tabakrauch. Der Wirt starrte sie schweigend an.

Finnegan, der sich erstaunlich zu Hause fühlte in der schlechten Gesellschaft, bestellte zwei Gläser Schnaps. Sein Begleiter fühlte sich sichtlich unwohl und drängte darauf, die

Kneipe wieder zu verlassen. Dies war Finnegan nur recht, denn in dem Gasthof war kein einziges weibliches Wesen zu sehen, weder bei den Gästen noch unter dem Personal. So landeten sie im Anschluss in einem Nachtclub und hörten einer leicht bekleideten Sängerin zu, wie sie mit rauchiger Stimme alte Seemannslieder zum Besten gab. Leider waren hier die Getränke dermaßen teuer, dass Finnegan bald das Geld ausging und er drängte seinen Begleiter zum Aufbruch.

Als sie zum Hafen zurückspazierten, lief ihnen ein Fuchs über den Weg. Er stellte sich ganz ungeniert vor die beiden Männer auf die Straße und knurrte.

Finnegans Begleiter zog ihn am Ärmel. „Lass uns einfach einen anderen Weg gehen", schlug er vor.

„Tu doch, was du willst", antwortete Finnegan nur, zog seine Schleuder und erledigte auch diesen Fuchs, ohne mit der Wimper zu zucken.

Sein Begleiter schüttelte nur stumm den Kopf und schlug den eben vorgeschlagenen Weg durch die Seitengasse ein. Er hatte endgültig genug von Finnegan. Letzterer jedoch stieg über die Leiche des Fuchses hinweg und schlenderte fröhlich die breite Straße entlang, die Hände in den Taschen, ein lustiges Liedchen pfeifend. Er kam als erster bei dem Schiff an und freute sich, nicht auf den anderen gehört zu haben.

Der andere hatte indes eine Begegnung mit einem Landstreicher in der von ihm gewählten Gasse. Der alte Stromer hieb ihn um etwas Bares an. Der junge Mann, der im Gegensatz zu Finnegan nicht seine ganze Barschaft im Nachtclub hatte hängen lassen, lud den heruntergekommenen Alten auf einen Drink und ein üppiges Essen ein. So kamen sie ins Gespräch und es stellte sich heraus, dass der obdachlose Rumtreiber in Wahrheit ein einsamer alter Mann mit viel Geld war. Er forderte den jungen Mann dazu auf, bei seiner Firma in seinem Heimatland vorstellig zu werden:

„Sehen Sie, ich treibe mich hier nur herum, weil ich es

einfach nicht mehr ausgehalten habe. Ich musste mir einmal den Wind um die Nase wehen lassen, um zu mir zu kommen. Vielleicht bin ich in der Zwischenzeit eher ein bisschen auf den Hund gekommen. Die Trennung von meiner Frau hat mir sehr zu schaffen gemacht - ja, tut es eigentlich immer noch. Aber nun bin ich bereit, es noch einmal zu versuchen. Schauen Sie doch mal vorbei", er gab dem jungen Mann eine zerknitterte Visitenkarte, „tut mir leid, die Kärtchen haben so einiges mitmachen müssen. Ich könnte einen Verwalter gebrauchen. Ich kann sie gut leiden und würde mich sehr freuen, mit ihnen zusammenzuarbeiten."

Als Finnegan erfuhr, wie es seinem Begleiter ergangen war, wurde er etwas neidisch. Aber das legte sich schnell wieder. Wer wollte schon für sein Geld arbeiten? Bisher war er ganz gut ohne Job ausgekommen.

Der Sturm und die Kursabweichung hatten den Kapitän sehr viel Zeit gekostet, und so beschloss er, ohne Umschweife zum Heimathafen zurückzufahren. Die Gäste, die unterwegs noch hätten zusteigen sollen, mussten eben ein anderes Schiff nehmen.

Auf der Heimreise lief der Kreuzer nur noch in einen einzigen Hafen ein. Dort herrschte ein frischeres Klima als an den vorigen Anlaufstellen, sie befanden sich ja auch schon nicht mehr so weit von zu Hause und hatten die südlicheren Gefilde hinter sich gelassen. Das Hafenstädtchen war zwar weder malerisch noch romantisch, doch es versprühte einen rauen Charme, dem die Reisenden sich seltsamerweise nicht entziehen konnten.

Nur Finnegan verstand nicht recht, warum hier alle an Land wollten und es auch noch zu genießen schienen. Aus Trotz und weil die Weibsbilder ihn neuerdings kaum beachteten, ging er dann doch an Land. Er war hungrig und hatte sich in den Kopf gesetzt, Lammkoteletts zu essen. Nachdem er einige Lokale abgeklappert hatte, die alle ausschließlich Fisch anboten, ließ er sich verärgert auf einer Bank am Strand nieder und starrte auf das Meer. Wie bedächtig es sich bewegte. Langsam, als hätte es alle Zeit der Welt rollten die Wellen den Strand hinauf und zogen bei ihrem Rückzug Steine und Sand mit ins Meer, unaufhaltsam.

Und dann sah er ihn: seinen letzten Fuchs. Er war sturmgrau und nicht weniger hoch, als das Kreuzfahrtschiff mit dem Finnegan unterwegs war. Und der Fuchs sprach, mit einer Stimme gleich dem tosenden Meer:

„Finnegan Short. Reichtum und Ehre hätten dein sein können. Sie waren dir bestimmt. Eine große Zukunft lag vor dir. Doch du entschiedest dich, ein Leben in Blindheit ohne Tugend zu führen. Hättest du deinen Boten keine Beachtung geschenkt, es wäre nicht so schlimm gewesen. Doch du hast ihnen nachgestellt, ihnen ganz ohne Sinn und Zweck, nur zu deinem Vergnügen und aus reiner Boshaftigkeit, das Leben genommen. Erfahre nun, Finnegan Short, deine gerechte Strafe: Als Fuchs sollst du wandeln auf dieser Erde, in diesem Leben und in den darauffolgenden sieben."

Finnegans Blickfeld veränderte sich. Er fühlte Fell auf seinem Gesicht, als der kräftige Nordwestwind hindurch blies. Finnegan leckte sich die Schnauze und stieß ein kehliges Knurren aus. Mit eingezogener Rute verschwand er in den Wildrosenbüschen und ward als Mensch nie wieder gesehen.

Auszug
Auszug
Auszug aus
Kindheit
Das Gefühl von Matsch und Gras
Und Holz und Erde
Und Himbeeren

Der Junge im Park

Es begab sich an einem Sonntagmorgen, der erste warme Frühlingstag des Jahres.

Im Park flitzten Eichhörnchen zwischen den Baumkronen umher, Tauben gurrten auf den alten Mauerresten neben dem Amphitheater.

Am Seeufer waren alle Bänke besetzt. Jogger drehten ihre Runden, Hundehalter trafen sich und Kajakfahrer zogen über den See.

Am Kiosk, nicht weit vom Ufer entfernt, hatte sich eine kleine Menschenmenge eingefunden. Ein Junge, nicht älter als zehn Jahre, stand auf einer Kiste und hielt ein Brett hoch mit der Aufschrift: „9:00".

Die Leute waren neugierig, was es um neun wohl zu sehen gab. Vielleicht war der Junge ein Pantomime.

Gleich um neun stellte der Junge das Schild neben die Kiste und nahm eine kleine Fiedel aus seinem Rucksack. Er spielte quietschend ein paar Takte, ein lustiges Zigeunerlied. Dann verbeugte er sich. Die Menge klatschte höflich. Ein paar Leute warfen Münzen in seinen Rucksack. Der Junge bedankte sich, indem er seine Mütze zog und sich abermals verneigte. Im Anschluss zeigte er feierlich auf die Sonne. Alle Blicke wanderten nach oben, danach wieder zum Jungen. Nun begann dieser zu tanzen. Es war ein unbeholfener kleiner Stepptanz, nichts Besonderes. Aber es passte zu dem Zigeunerlied. Mit einem Mal hielt der Junge inne, sprang von der Kiste und wieder hinauf, wiederholte dies einige Male und ging schließlich in eine wilde Drehbewegung über. Er wirbelte so schnell herum, dass die Umstehenden Angst hatten, er könne von der Kiste fallen.

Unvermittelt blieb der Junge stehen und zog, etwas schwankend von den vielen Pirouetten, seine Mütze. Er stieg von der Kiste, zog einen dicken Marker aus seiner Hosentasche und schrieb etwas auf das Schild, das er zu Anfang an die Seite gestellt hatte. Als er es hochhielt, war darauf zu lesen: „19:00".

Er hielt es noch eine Weile hoch, stellte es schließlich vor die Kiste, packte seine Sachen ein und ging.

Die Zuschauer standen noch eine Weile abwartend herum, bevor sie, so manch einer kopfschüttelnd, ihrer Wege gingen. Wenn das eine Pantomime hatte sein sollen, dann eine wirklich schlechte.

Kurz vor neunzehn Uhr, als sich ein voller Mond im See spiegelte, kam der Junge zum Kiosk zurück. Einige Neugierige waren ebenfalls wiedergekommen, wenn auch nicht ganz so viele wie am Nachmittag.

Um Punkt neunzehn Uhr ließ der Junge sich auf die Knie fallen und hob klagend die Hände zum Himmel, wobei er ein verzweifeltes Gesicht zog. Ohne Übergang nahm er einen Feuerwerkskörper aus seinem Rucksack und zündete ihn. Das Geschoß flog weit in den Nachthimmel hinauf und verpuffte dort mit einem enttäuschend dezenten Glitzern.

Sich aufrichtend zeigte der Junge theatralisch zum Vollmond, nahm eine Daunenfeder aus seiner Tasche, legte sie in seine Handfläche und pustete sie von der Hand. Ergriffen legte er beide Hände auf seine Brust und ließ sich daraufhin abermals zu Boden sinken.

Schließlich stand der Junge auf und verbeugte sich.

Die Umstehenden starrten ihn erwartungsvoll an, aber er packte seine Sachen schon wieder ein. Bevor er den Rucksack verschloss, zog er ein kleines Metallröhrchen, wahrscheinlich ein gebrauchtes Zigarrenetui, daraus hervor, lud sich den Rucksack auf den Rücken und legte das Röhrchen feierlich auf die Kiste. Ohne ein Wort verschwand er in der Dunkelheit.

Die versammelten Menschen traten näher an die Kiste heran. Einer nahm das Röhrchen in die Hand und öffnete es. Darin war ein Zettel, worauf, in kindlicher Handschrift, stand:

Verehrte Zuschauer, Passanten, Neugierige.

Ich bin ein Kind der gemeinfreien Kaste, ein Kind, das nicht reich genug ist, um Nutzungsrechte für Worte zu kaufen. Selbst dieser Brief könnte mich ins Gefängnis bringen. Wäre diese Welt, wie sie sein sollte, so hättet ihr heute von mir folgendes Gedicht gehört:

Klang der Fiedel
  Im Sonnenlicht
  Tanzt <u>du</u>
  Auf und ab
  Wie ein Wirbelwind

Klagend
  Steigst <u>du</u> auf
  Zum Mond in der Ferne
  Schwebst <u>du</u>
  Federgleich
  Lässt mir das Herz in der Brust
  Schwer <u>werden</u>

Ich habe darin die Begriffe unterstrichen, die ich legal aussprechen darf. Ihr seht, es sind nur zwei. Diese Vorführung war ein Hilferuf. Bitte, lasst die Wortindustrie uns nicht länger den Mund verbieten. Wir wollen nicht stumm sein. Helft den Wortlosen.

Gez. ein Kind

Im blauen Licht
Eines Traumes
Schwebten sie an mir vorüber
Gesichter wie Girlanden
Ein endloser Reigen
Bittend
Fordernd
Ich sagte Nein

Der Geisterzug

Emma Lieblich betrachtete die frisch gefallenen Schneeflocken auf ihrem Mantel. Als wäre Weihnachten, dachte sie. Müde ließ sie sich in den Schnee sinken. Dieser Platz war so gut wie jeder andere. Sie war völlig erschöpft.

Seit der knurrige John sie von ihrem Platz in der Unterführung vertrieben hatte, wusste sie nicht mehr wohin. Ihre geröteten Wangen und Fingerspitzen zeigten bereits erste Erfrierungserscheinungen.

„Ach, wenn doch bloß Sommer wäre."

Der Boden unter ihrem Hintern war kalt und es wurde auch nicht besser, je länger sie da saß. Eingraben müsste sie sich. Ein Iglu bauen, wie sie es als Kind getan hatte. Es wäre sogar der richtige Schnee dafür, und ausnahmsweise lag auch einmal so viel Schnee, dass es einen Sinn gemacht hätte. Aber sie war zu erschöpft.

Emma starrte angestrengt in die Dämmerung hinein. War dieser Schatten hinter dem Schneegestöber etwa ein Gebäude? Schnaufend mobilisierte sie ihre letzte Kraft und quälte sich erneut auf die Füße. Sie stapfte einen kleinen Hügel hinauf. Erst als sie oben war, bemerkte sie, dass hier eine alte Bahntrasse lag. Der Wind hatte den Schnee von der kleinen Erhebung geweht, sodass man die Schienen erkennen konnte. Schnell hoppelte Emma auf ihren geschwollenen Füssen zu dem Gebäude. Es war eine kleine Haltestelle und es gab sogar eine Bank! Seufzend ließ Emma sich auf die Sitzgelegenheit sinken. Das war schon viel besser, als auf dem kalten Boden zu sitzen. Vielleicht würde sie den nächsten Tag doch noch erleben.

Ermutigt von der neuesten Entwicklung kramte Emma in ihrer Einkaufstüte und klaubte eine Packung Würstchen hervor. Die hatte sie aus der Mülltonne hinterm Supermarkt gefischt, bevor der Sicherheitstyp sie verscheuchte. Eigentlich wollte sie ihre Errungenschaft genießen, aber sie hatte solchen Hunger, dass sie die Würstchen innerhalb kürzester Zeit verschlungen hatte.

Etwas gesättigt lehnte sie sich auf ihrer Bank zurück und blinzelte ins Schneegestöber hinaus. Es schneite immer stärker und es war inzwischen so dunkel, dass sie die Bäume auf der anderen Seite der Schienentrasse kaum noch erkennen konnte. Langsam wurden ihr die Lider schwer. Sie fühlte sich warm und behaglich, so als wäre sie in einem schönen warmen Bett. Wann hatte sie das letzte Mal in einem Bett gelegen? Emma lächelte, als sie an weiche Kissen dachte. Aber was war das? Ein Geräusch, wie ein Rumpeln, kam von weit her aus der Dunkelheit. Ein Nachtzug?

Emma schniefte. Die Kälte war wieder da. Das Geräusch wurde immer lauter, ein helles Licht tauchte in der Ferne auf, und als auf einmal die Wolkendecke aufriss und der helle Mond zum Vorschein kam, konnte Emma den Zug erkennen. Er ratterte auf ihre Haltestelle zu, wurde langsamer und kam schließlich quietschend zum Stillstand. Die alte Lok stöhnte und ächzte und spie dunkle Rauchschwaden in den Himmel.

Emma hatte nicht gewusst, dass so alte Züge noch benutzt wurden. Ihr Vater hatte ihr einmal Fotos gezeigt. *„Mit diesem Zug wurden wir abgeholt, wenn wir in die Grube fuhren. Was haben wir schuften müssen!"*

Mit klopfendem Herzen beobachtete Emma, wie eine der Türen aufging und eine Reihe weißer Gestalten mit rußgeschwärzten Gesichtern ausstieg. Einer nach dem anderen verschwanden sie in der Dunkelheit, Spitzhacken und Schaufeln geschultert.

„Jetzt ist es an uns, einzusteigen", sagte eine wohl bekannte Stimme neben ihr.

Emma blickte sich um. Dort stand ihr Vater und lächelte sie herzlich an. „Komm, lass uns einsteigen. Drinnen ist es immer noch besser als hier in der Kälte."

„Papa!" Eine Woge der Erleichterung überkam Emma. Sie war nicht mehr allein! Eine Träne stahl sich in ihr linkes Auge und rollte langsam ihre Wange hinab. „Papa", sagte sie noch einmal.

Er legte ihr die Hand auf die Schulter und drückte sie leicht. „Komm Kleines. Es wird Zeit."

Emma stand auf und es fiel ihr viel leichter als vorhin. Sie fühlte sich, als hätte sie immer eine schwere Last mit sich herumgeschleppt, ohne es zu wissen. Doch nun wusste sie endlich, dass sie die Last einfach zurücklassen konnte. Emma folgte ihrem Vater zu dem alten Zugwagon und stieg ein. Es waren noch andere da, die mit ihr einstiegen. Ein kleines Mädchen, ein struppiger Hund und ein alter Mann mit einer Reisetasche. Sie alle setzten sich auf die harten Holzbänke, froh, dem Schneegestöber entkommen zu sein.

Die Lok keuchte und ächzte, dann ging es langsam voran. Immer schneller gingen die Treibstangen und die Schornsteine spien schwarzen Rauch aus. Schließlich nahm der Zug volle Fahrt auf und bald waren seine Lichter in der Ferne verschwunden.

Ralph zündete sich eine Zigarette an und lehnte sich an den Streifenwagen. „Wir werden hier nichts finden." Diese anonymen Anrufer immer, dachte er missmutig und rieb sich die Hände warm, während er den Glimmstängel zwischen den Lippen stecken ließ.

„Ralph?", hörte er die Stimme der Praktikantin. „Ralph? Das musst du dir ansehen!"

Ralph runzelte die Stirn. War es am Ende doch einmal ein richtiger Hinweis gewesen? Schlitternd folgte er seiner Kollegin den Abhang hinab, stieg durch ein paar Sträucher und stand vor einer kleinen Erhebung: Die alte Bahntrasse, die früher einmal in die Stollen geführt hatte.

„Hier drüben!"

Ralph sah Sabine auf der anderen Seite winken. Er kletterte über die Schienen und griff sofort nach seinem Handy. Dort, auf einem umgefallenen Baumstumpf zwischen ein paar Mauerresten saß eine gedrungene Gestalt in einem zerschlissenen Mantel, eine große Einkaufstüte an sich gedrückt, den Kopf auf die Brust gesunken.

„Mach dir keine Mühe, es ist zu spät", rief Sabine ihm mit gepresster Stimme zu. „Die alte Emma ist erfroren."

An den Rändern der Zeit
gibt es kein Morgen.

Feinde für die Ewigkeit

Neue Europäische Republik, Département des Anciens Monarches, Heim für elternlose und vagabundierende Kinder, Spielfreizeit nach dem Mittagessen.

Es war Februar. Auch wenn man es nicht mehr Februar nannte. Dem Beispiel der alten Franzosen folgend, hieß es jetzt „Regnerischer", obgleich der Klimawandel starre Kälte vorgesehen hatte.

Janice und Sam hatten, wie gewöhnlich, etwas ausgeheckt, um den Tag interessanter zu gestalten.

Janice und Sam heckten immer etwas aus.

„Wie Kopf und Arsch" hatte ein Erzieher einmal zu ihnen gesagt. Danach hatte es eine heftige Diskussion darüber gegeben, wer von ihnen der „Arsch" sei. Bis besagter Erzieher ihnen erklärte, das hieße nichts anderes als „Wie Pech und Schwefel." Die Kinder beschlossen einstimmig, dass Sam, mit ihren tiefschwarzen Haaren, nur „Pech" sein konnte, und „Schwefel" musste dann, per Ausschlussverfahren, Janice sein, auch wenn keiner von ihnen beiden so genau wusste, was Schwefel eigentlich war.

„Es stinkt. Soviel weiß ich", bekundete Sam.

„Aber Pech stinkt auch", erwiderte Janice. Das wusste er so genau, weil sie vorige Woche einen Ausflug zu einer mittelalterlichen Burg gemacht hatten und dort hatte es eine anschauliche Vorführung zum Thema Burgverteidigung gegeben.

Es war ein schulfreier Nachmittag und Hausaufgaben hatten sie noch keine - Janice war vier und Sam beinahe fünf Jahre alt. Alle Kinder waren im Aufenthaltsraum und leider war kein Ausflug geplant. Zum draußen Spielen war es viel zu kalt - fanden die Erzieher. Den Kindern hätte es nicht so viel ausgemacht.

Aber Janice und Sam war es nur recht. So konnten sie endlich ihr „Projekt Dachboden" angehen.

Um zwei Uhr würden die Erzieher sich zum Kaffeetrinken im Gemeinschaftszimmer zusammenfinden - in Hörweite aber nicht in Sichtweite. Das war der Moment, um sich aus dem Staub zu machen.

Die Erzieher schienen zu glauben, sie würden alles mitbekommen, da der einzige Weg aus dem Aufenthaltsraum am Gemeinschaftszimmer vorbeiführte. Alle Fenster und Türen nach draußen waren abgeschlossen und das Öffnen der Notausgänge löste einen Alarm aus.

Aber Sam und Janice hatten herausgefunden, dass es im Flur einen toten Winkel gab. Sie mussten nur einen Augenblick abpassen, in dem die Erzieher unaufmerksam waren - zum Beispiel gleich zu Beginn, wenn der Tisch gedeckt und über die Wahl der Kaffeezubereitung diskutiert wurde.

Nonchalance war auch ein wichtiges Element. Wenn man etwas Verbotenes tat, und dabei nicht erwischt werden wollte, musste man so tun, als ob es das Normalste der Welt sei. Jede Heimlichtuerei fiel sofort auf. Die Erzieher hatten einen sechsten Sinn dafür.

Also schlichen die Kinder nicht, sie schlenderten seelenruhig, die Hände in den Taschen, auf das Gemeinschaftszimmer zu, passten einen Moment ab, in dem alle Erzieher abgelenkt waren - und huschten schnell an der Tür vorbei ins Treppenhaus. Mit klopfendem Herzen kamen die beiden Kinder bei der alten Holztreppe an, die zum Dachboden führte.

„Meinst du, sie haben etwas gemerkt?", raunte Janice.

Sam schüttelte den Kopf. „Nein. Die waren ganz mit ihren selbst gebackenen Keksen beschäftigt."

Schnell stiegen sie die alte Treppe hinauf. Die Tritte knarzten bei jedem Schritt. Aber das Geklapper von Kaffeetassen aus dem Gemeinschaftszimmer übertünchte alle verdächtigen Geräusche zuverlässig.

Leise drückte Sam die Türklinke zum Dachboden hinunter.

„Mist. Verschlossen."

„Lass mich mal." Janice drängte sich an ihr vorbei und versuchte es seinerseits.

„Vielleicht klemmt sie." Er drückte die Klinke erneut und versuchte gleichzeitig, die Tür mit der Schulter aufzuschieben.

„Nein. Keine Chance. So ein Mist." Enttäuscht ließ er die Schultern hängen.

„Warte mal", rief Sam aufgeregt. „Schau, da oben ist ein Riegel."

„Von außen? Das ist aber merkwürdig."

Sie sahen sich bedeutungsvoll an.

„Meinst du, da drin ist jemand eingeschlossen?", flüsterte Sam.

Janice nickte. „Bestimmt." Er formte seine Hände zu einer Räuberleiter. „Lass uns nachschauen."

Sam kletterte auf Janices zusammengelegte Hände und friemelte an dem Riegel. „Ich kriegs nicht", stöhnte sie. „Lehn' dich doch mal gegen ..."

Mit einem Klacken schob sich der Riegel nach links. Der Janice-Sam-Turm geriet ins Wanken und beinahe wären sie gestürzt. Mit einem ungelenken Hopser landete Sam neben Janice auf dem obersten Treppenabsatz. Sie schauten auf die Türklinke.

„Hast du eine Taschenlampe dabei?", erkundigte sich Sam.

„Aber klar." Janice kramte in der Aufsatztasche seines Kleides. „Da, für dich." Er hatte zwei winzige LED-Taschenlampen dabei.

„Wo hast du die her?", fragte Sam ehrfürchtig.

„Bazar, letzte Woche. Ich habe sie gegen alte 2D-Yugioh-Karten getauscht, die ich im Bus gefunden habe."

Sam legte ihre Hand auf die Klinke und drückte sie langsam hinunter. Diesmal ließ die Tür sich widerstandslos, wenn auch mit einem unheimlichen Ächzen, öffnen.

Im Innern war es gar nicht so dunkel. Der Boden wurde von staubigen Dachfenstern erhellt.

„Hier ist niemand", stellte Sam fest.

„Vielleicht versteckt er sich", entgegnete Janice hoffnungsvoll.

„Oder sie", fügte Sam hinzu. „Hallo", rief sie zögerlich. „Ist hier jemand? Wir tun dir nichts!"

Stille.

Janice zuckte die Achseln. „Na ja, vielleicht war der Riegel nur da, weil die Tür nicht mehr richtig zuhält."

Sie wanderten still zwischen den Kisten und alten Möbeln umher. Auf dem Fußboden lagen überall tote Fliegen und hin und wieder eine einzelne Biene.

„Iieeh!", quiekte Sam.

„Was ist?"

„Ach, nur eine Spinnwebe. Ich bin direkt hineingelaufen. Eklig ..." Sam fuchtelte mit den Armen, um das klebrige Gespinst wieder loszuwerden.

Janice zeigte auf eine kleine Truhe neben Sams Fuß. „Hey, schau mal." Er kniete sich hin und wischte die Staubschicht von der Kiste.

Sam beugte sich zu ihm hinab. „Eine Schatzkiste!", stellte sie fest.

„Meinst du?"

Ein dickes fettes Schloss prangte an der Vorderseite. Außerdem klebte ein großer roter Sticker auf dem Deckel, in grell-gelben Buchstaben stand etwas darauf geschrieben.

Wären die Kinder des Lesens bereits mächtig gewesen, hätten sie folgende Botschaft lesen können:

„GEFAHR
NICHT ÖFFNEN!
NIEMALS!
UNTER KEINEN UMSTÄNDEN!"

Leider war demjenigen, der den Kasten verschlossen hatte,

wohl nicht in den Sinn gekommen, dass jemand ihn finden könnte, der gar nicht lesen konnte. Oder vielleicht doch, denn links und rechts neben dem Text verhießen zwei Totenschädel nichts Gutes.

„Schau mal, da sind Totenschädel drauf", rief Janice begeistert aus.

„Bestimmt ein Piratenschatz!", triumphierte Sam.

„Wir sind reich!"

Fachmännisch begutachtete Janice das dicke Vorhängeschloss. „Hm", meinte er. „Das sieht gar nicht gut aus."

„Och, das ist kein Problem. Wir brauchen nur eine Haarnadel."

„Du siehst zuviel fern."

Aber Sam grinste nur. „Nein, im Ernst. Wullie hat mir das beigebracht. Du weißt schon. Wulli der Vagabund."

Im Gegensatz zu Janice, dessen Eltern bei einem Zugunglück ums Leben gekommen waren, war Sam als Streuner aufgegriffen worden, nachdem Wullie gestorben war. Wullie war vielleicht ihr Großvater gewesen. Aber das wusste niemand so recht.

„Wir sind oft eingebrochen, um uns ein warmes Plätzchen für die Nacht zu suchen. Oder was zu essen. Da ..." Sie hatte tatsächlich eine Haarnadel aus einer der zahlreichen Taschen ihrer Cargohose hervorgezaubert. „Gleich sind wir reich ..."

„Oder tot", kam es leise von Janice, dem auf einmal ganz heiß geworden war.

Sam ließ die Hand mit der Haarnadel sinken und sah Janice erschrocken an. „Tot?"

„Der Totenschädel sieht aus wie der auf Giftflaschen. Das habe ich letzte Woche im Fernsehn gesehen. Piratenschädel sind weiß auf schwarz, nicht gelb und rot."

„Das ist vielleicht ein besonderer Pirat gewesen."

„Sam, ich glaube, du solltest die Kiste zu lassen."

Wie geht es weiter?

Dies ist eine Geschichte mit zwei Enden. Du entscheidest - du kannst natürlich auch beide Enden lesen.

Hört Sam auf ihren Freund und lässt die Kiste unverschlossen? Dann lies weiter auf Seite 39.

Oder schlägt Sam Janices plötzliche Angst in den Wind? Dann lies weiter auf Seite 41.

Sam blickte Janice überrascht an. Dermaßen ernst hatte sie ihren Freund noch nie erlebt. Er sah plötzlich so erwachsen aus. „Janice ...", begann sie, verstummte aber gleich wieder.

„Sam. Ich habe auf einmal ein komisches Gefühl. Lass uns lieber die Kiste jemandem zeigen. Oder, noch besser, sie ganz weit verstecken, wo niemand sie finden kann. Ich glaube, da ist was Böses drin."

„Wir könnten sie Wullies Kumpel Fred zeigen. Der kann lesen."

„Können wir Fred vertrauen?"

Sam nickte nachdrücklich.

Vorsichtig schoben sie den kleinen Kasten mit dem roten Aufkleber hinter eine große Pappschachtel und legten vorsichtshalber noch eine Decke darüber. Dann trollten sie sich hinaus - und wurden prompt vom Hausmeister erwischt.

„Einen Tag, einen einzigen Tag lang ist da kein Vorhängeschloss dran ..." Er seufzte schwer und schaute sie eindringlich an. „Was hattet ihr da drin verloren? Habt ihr etwas angefasst? Habt ihr etwas aufgemacht?"

„Wir haben ...", begann Sam. „Da war diese Kiste ..."

Der Hausmeister wurde blass. „Ihr habt eine Kiste aufgemacht?", erkundigte er sich tonlos.

„Wir haben sie nicht aufgemacht", beschwichtigte ihn Janice. „Wir haben sie hinter dem großen Pappkarton versteckt und eine Decke darüber gelegt."

Der Hausmeister atmete erleichtert aus. Obwohl, dachte er, hätten sie die alte Truhe doch aufgemacht, würden sie mir vermutlich genau das Gleiche erzählen. Aber die Kinder kamen ihm ganz normal vor. Noch einmal Glück gehabt. Er nahm die Kinder bei den Schultern und sah sie eindringlich an:

„Ihr dürft nie wieder da hineingehen. Es war sehr gut, dass ihr die Kiste zugelassen habt."

Janice und Sam nickten stumm, reichlich eingeschüchtert von dem ernsten Tonfall des Hausmeisters.

Gleich, nachdem er die Kinder weggebracht hatte, kam der Hausmeister mit einem neuen Vorhängeschloss zurück. Bevor er die Tür wieder verschloss, sah er noch einmal hinein, um sicherzugehen, dass die Kiste nicht geöffnet worden war. Er öffnete die Tür und knipste das Licht an, denn es war bereits dunkel draußen.

Die kleine Truhe war zum Glück noch fest verschlossen. Der Hausmeister musste sie auch nicht suchen. Sie stand wieder mitten im Raum.

Doch Sam hatte bereits die Haarnadel ins Schloss gesteckt. Das leise Klicken, als das Schloss sich öffnete, kam Janice vor wie ein lauter Donnerschlag, der das Ende der Welt verkündete.

„Nun ist es vorbei", murmelte er.

Sam sah ihn verständnislos an. Doch, noch bevor sie den Deckel anheben konnte, flog dieser von selbst nach hinten und spie dunkle Nebelschwaden aus.

Janice nahm Sams Hand. „Auf Wiedersehen Sam", sagte er und eine Träne rollte über sein Gesicht.

Eine schwarze Nebelschwade fuhr in ihn und gleich darauf eine in Sam. Der Glanz in ihren Augen erlosch. Mechanisch standen sie auf, sahen sich an, legten die Faust auf die Brust und sprachen im Chor: „Feinde für immer! Diese Welt ist unser!"

„Wir müssen den Kasten nach unten bringen. Zum Fluss", bekundete die, die vorher Sam gewesen war.

„Aber der Fluss ist zugefroren", entgegnete der, der vorher Janice gewesen war.

„Nicht in der Mitte."

Sie klappten den Deckel zu und trugen die Kiste gemeinsam nach unten.

Bald würde die ganze Welt infiziert sein. So verbreiteten sie sich am schnellsten: über das Wasser. Das Wasser kam überall hin und jede Kreatur musste trinken.

Ein guter Tag für die Infiltrierer aus dem All. Der letzte Tag für die Menschheit.

Spuk

Der Vogel ruht
Die Nacht ist aus
Was kann man wohl dort finden?
Es ist vorbei
Und fängt erst an
Wenn dir die Sinne schwinden

Kein Geist geht um um Mitternacht
Der Stunde zwischen Stunden
Der Spuk hält an
Die ganze Nacht
Und dauert nur
Sekunden

Der Käfergraf

Sprachlos stand Martin in dem mit Kies angelegten Innenhof und starrte das alte Gemäuer an, das nun seins war. Nicht zum ersten Mal fragte er sich, ob er einen Fehler gemacht hatte.

So viel Arbeit, dachte er. Aber diese hohen Fenster! Er seufzte. Er hatte einfach nicht widerstehen können. Es war, als ob das Haus ihn gebeten hatte, es zu kaufen. Es war Liebe auf den ersten Blick gewesen. Und er hatte nicht einmal Geld leihen müssen.

Aber das wird noch kommen, überlegte er grimmig, während er die breiten Treppen zur Eingangstür hochstieg. „Ich kann nicht alles alleine schaffen, unmöglich."

Einiges musste eh von Fachleuten erledigt werden. Wie das alte Schindeldach. Es war zwar dicht - noch, aber einige Balken sahen prekär aus.

Auch wollte er Dachfenster einbauen lassen - der geräumige Dachboden war zu schade, um nicht genutzt zu werden. Obwohl er Weißgott genug Zimmer zur Verfügung hatte. Platz für eine Großfamilie.

Den großen Kochofen im Keller wollte er zum Grundofen umbauen um das ganze Gebäude mit Warmluft beheizen zu können. Die Feuerstellen in den Zimmern konnten bleiben, allein wegen der Stimmung - aber, um das Gebäude zu beheizen, war ihm das zu umständlich. Er fummelte nach dem Schlüssel und schloss die große Tür auf. Ein schönes, schauriges Gemisch aus Knarzen und Quietschen später stand er in der Eingangshalle. Die Tür fiel mit einem dumpfen Knall ins Schloss. Er ließ die beiden letzten Taschen fallen, die er aus dem Auto mitgebracht hatte. Daheim.

Es war kühl, obwohl draußen fünfunddreißig Grad herrschten. Noch ein Vorteil, zumindest im Sommer. Er ließ den Blick über die Wände schweifen, die breite Treppe, die nach oben führte, die vielen Türen und stellte sich vor, wie diese Mauern einst mit Leben gefüllt waren. Mit edlen Damen und Herren, Bediensteten, Kindern in süßen Rüschen, Jagdhunde ...

Er wusste noch gar nicht so genau, was er mit dem ganzen Platz anfangen wollte. Sollte er sich einen Mitbewohner suchen? Oder eine Frühstückspension betreiben?

„Hier können Sie Ihre ganze Familie einladen", hatte der Immobilienmakler gemeint. Ja, welche Familie? Er hatte doch niemanden. Mit dem alten Herrenhaus ließ sich viel anfangen, nur was, das wusste er noch nicht. Aber das würde sich schon finden. Organisch, wie er immer sagte.

Da war auch noch die Frage, ob er sich Arbeit suchen sollte. Martin war Künstler, aber, wie so viele, brotlos. Bisher hatte er sein Geld als Steuerberater verdient. Er konnte das nicht mehr. Es schnürte ihn ab von der Kunst. Es war, als lenke man ein Zweigespann und das eine Pferd zog nach links, das andere nach rechts. Auf diese Weise kam man nicht voran. Er musste auf nur ein Pferd setzen.

„Was für eine bescheuerte Metapher", sagte er laut. Sein Blick fiel auf das große Ölgemälde über dem Treppenaufgang, eine Jagdgesellschaft zu Pferd. Der Vorbesitzer war gestorben, ohne Nachkommen, keine Erben. So wie ich, dachte Martin.

Sogar die Pferde im Stall hatte er mitgekauft. Und die Oldtimer in der Garage. Martin verstand gar nicht, warum es so wenige Interessenten für das Haus gegeben hatte. Vielleicht weil es so abgelegen lag. Ziemlich hoch, die einzige Zufahrtsstraße eine Serpentine, die im Winter sicher ziemlich gefährlich war. Er musste sich auf jeden Fall Vorräte anlegen. Das Haus lag auf einem Hochplateau, direkt an den Park grenzte ein großer Wald in dem es, wie Martin sich hatte sagen lassen, auch nicht an Wild mangelte. Der Wald gehörte ebenfalls ihm.

„Ich werde wohl wenigstens einen Verwalter einstellen

müssen. Und einen Stallburschen - oder die Pferde verkaufen."
Nein, das konnte er nicht. Er konnte zwar nicht reiten, aber er
brachte es nicht übers Herz, die Tiere wegzugeben. Trotzdem,
es musste schließlich auch mit den Finanzen klappen. Er wollte
eigentlich alles so lassen, wie es war. „Ich könnte Eintritt
verlangen."

Na ja, es war spät, heute wollte er nicht mehr darüber
nachdenken. Er stieg nach oben und sah sich diejenigen
Zimmer an, die mit Betten ausgestattet waren. Er wählte ein
Eckzimmer im obersten Stockwerk, mit Blick auf den Wald und
Blick auf die Pferdeweiden.

Pferde!, schoss es ihm durch den Kopf. Musste er sie füttern
oder reichte die Weide aus? Er hatte keine Ahnung. Martin
hastete hinaus in die Stallungen. Die Ställe waren leer, die
Pferde alle draußen. An der Stalltafel klebte ein Zettel:

„Komme jeden Tag nach dem Rechten sehen, bis Sie sich
eingelebt haben. Erkläre Ihnen alles morgen. Gez. Alfonso."

Alfonso, der Stallmeister. Unter „PS" stand noch eine
Telefonnummer. Gut. Beruhigt ging Martin wieder ins Haus,
machte sich ein einfaches Abendessen mit belegten Broten und
fiel dann ins Bett.

Martin träumte.

Er stieg, im Schlafanzug, die Treppen hinab zur
Eingangshalle und verließ das Haus über die Verbindungstür,
die zu den Stallungen führte. Die Pferde waren drinnen,
obwohl er wusste, dass er sie am Abend alle auf der Weide
gesehen hatte.

Er sattelte eins der Pferde und ritt mit ihm hinaus in den
Wald. Auf einmal trug er eine altmodische Reithose, Stiefel und
einen Reitrock. Er ritt über den vom Mond erhellten Waldweg,
bog jedoch dann in die Dunkelheit zwischen den Bäumen ab. In
der Ferne schimmerte ein Licht und er hielt darauf zu.

Als er näherkam, sah er, dass dort jemand sass, auf einem

Thron mitten auf einer Lichtung. Martin stieg vom Pferd und ging auf die Gestalt zu. Sie war rotbraun, die Haut glänzte wie Metall, auf ihrem Kopf thronte ein Geweih. Mit großen schwarzen Augen sah die Gestalt ihn an.

Instinktiv ließ Martin sich auf ein Knie sinken und neigte den Kopf.

„Bitte, steh auf", schnarrte die Gestalt.

Martin tat, wie ihm geheißen und betrachtete sein Gegenüber genauer. Was war das? Ein Mensch?

„Du bist also der Neue", stellte die Gestalt salopp fest.

Wie ferngesteuert antwortete Martin: „Martin Krug ist mein Name. Ich bin der neue Verwalter."

Verwalter? Er war der Besitzer! Er *brauchte* einen Verwalter! Sein träumendes Ich schien sein Protest nicht zu kümmern, denn es neigte wieder den Kopf und fügte hinzu: „Zu Ihren Diensten, Graf."

Erschrocken fuhr Martin aus dem Schlaf hoch. Er schaute auf den Wecker. Vier Uhr morgens! Er stöhnte.

„Zu Ihren Diensten, Graf", äffte er sich selbst nach.

Verärgert kämpfte er sich aus dem weichen Bett und versuchte vergebens, in seine Pantoffeln zu schlüpfen. Genervt schaltete er die Nachttischlampe an. Er starrte auf seine Füße. Seine Füße, die in schwarzen, glänzenden Reitstiefeln steckten. Er sah an sich hinunter. Altmodischer Reitrock und -hose. Das Blut pochte in seinen Schläfen. Martin versuchte es mit Logik. Warum trug er noch die Kleidung aus seinem Traum? Träumte er noch? Das musste es sein.

Langsam beruhigte Martin sich wieder. Er schaute aus dem Fenster. Draußen dämmerte es.

„Warum werde ich nicht wach?"

Kopfschüttelnd stand er auf und öffnete das Fenster. Frische Morgenluft drang ins Zimmer. Wenn dies ein Traum war, dann war er sehr realitätsnah. Sein Blick wanderte zu der Pferdeweide. Im ersten Morgenlicht konnte er grasende

Pferdeleiber erkennen. Martin fröstelte. Der kalte Steinboden unter seinen Füßen ließ seinen Blick nach unten gleiten. Barfuß. Er stand barfuß und im Schlafanzug am Fenster.

Verwirrt schloss das Fenster und ging unentschlossen auf das Bett zu. Sollte er sich nochmal hinlegen? Was, wenn er dann wieder träumte?

„Ich glaube, für diese Nacht hab ich genug vom Schlafen."

Im Esszimmer im Erdgeschoß hatte er sich eine kleine Behelfsküche eingerichtet, da er die große Kellerküche nicht besonders gemütlich fand.

Martin brühte sich einen starken Kaffee und las auf seinem Handy die Zeitung. Langsam verblassten die Erinnerungen an den unheimlichen Traum. Es versprach ein sonniger Tag zu werden und die Aussicht auf kühle Morgenluft zog Martin nach draußen. Hastig zog er sich an und schlenderte auf den Hof hinaus. Ein kleiner blauer Peugeot hielt in der Kieseinfahrt und im Stall brannte Licht.

Es war der Stallmeister, oder besser gesagt, der ehemalige Stallmeister. Er hatte zwei Pferde in der Stallgasse angebunden und schickte sich gerade an, sie zu satteln.

„Ah, Herr Krug. Guten Morgen." Der Mann hielt ihm die Hand hin. „Ich bin Alfonso."

Martin schüttelte ihm die Hand. „Martin. Freut mich sie kennenzulernen. Und danke, dass Sie sich noch etwas um die Pferde kümmern. Ich bin in dieser Hinsicht vollkommen unbelastet, da werden Sie mir noch einiges beibringen müssen!" Sein Blick fiel auf die angebundenen Tiere. „Planen Sie einen Ausflug?"

„Die Pferde müssen gelegentlich bewegt werden. Und da ich im Haus Licht sah, dachte ich, sie wollten vielleicht mitkommen."

„Oh, aber ich kann ja gar nicht reiten!"

„Das dachte ich mir schon, aber das macht eigentlich nichts.

Candy hier ist ein alter Haudegen, der wird gut auf Sie aufpassen." Dabei klopfte Alfonso einem der Pferde auf das etwas knochige Hinterteil. „Oder haben Sie schon etwas Besseres vor?"

„Na ja, eigentlich, so gesehen ... Nein." Zweifelnd nahm Martin die angebotenen Zügel entgegen. „Glauben Sie wirklich, das wird was?"

„Aber natürlich. Sie haben doch keine Angst vor Pferden?"

„Das nicht, aber ..."

„Na dann ist doch alles in Butter. Dieser Morgen ist perfekt zum Ausreiten. Gleichzeitig können Sie sich ein bisschen auf Ihrem neuen Grund umschauen."

Während Alfonso Martin beim Aufsteigen zur Hand ging, fiel Martin auf, dass Candy ihm irgendwie bekannt vorkam. Als sie aus dem Park in Richtung Wald ritten, stieg ein beklommenes Gefühl in seiner Magengegend auf und der Traum der vergangenen Nacht erwachte wieder vor seinem inneren Auge. Diesen Weg war er geritten, und dieses Pferd, genau dieses Pferd, auf dem er nun saß, nur eine etwas jüngere Version.

„Stimmt etwas nicht?", erkundigte sich Alfonso.

„Nein, nein, alles in Ordnung. Es kommt mir nur noch alles so unwirklich vor", entgegnete Martin.

Zu seinem Entsetzen schlugen sie den gleichen Pfad ein, den er in seinem Traum in der Dunkelheit genommen hatte.

„Haben wir ein bestimmtes Ziel?", fragte Martin, dem gerade aufging, dass er ja nicht reiten konnte und Alfonso auf Gedeih und Verderb ausgeliefert war.

„Nein, das ist die übliche kurze Runde", erklärte dieser, zu Martins Erleichterung.

„Außerdem möchte ich Sie jemandem vorstellen."

Martin überlief es kalt und er hätte plötzlich alles für ein Klo mitten im Wald gegeben. Wurde sein Traum nun Wirklichkeit?

„Ich bin sicher, der Immobilienfuzzi hat Ihnen davon nichts gesagt", fuhr Alfonso fort.

„Wovon?", fragte Martin, obwohl er sich vor der Antwort fürchtete.

In dem Augenblick bogen sie auf die wohl bekannte Lichtung ein. Martin fühlte, wie jede Kraft aus ihm wich und hatte das Gefühl, jeden Moment vom Pferd zu fallen.

Anders jedoch als in Martins Traum stand in der Mitte der Lichtung eine kleine heimelige Hütte, weit und breit war kein Thron zu sehen. Rauch stieg aus dem Schornstein auf und bunte Blumen schmückten die Fensterbänke.

Martin war ziemlich überrascht und gleichzeitig erleichtert. „Ach so, hier wohnt noch jemand."

„Die alte Gina Franca wohnt hier, war schon hier, bevor ihr Vorgänger einzog."

„Das hat der Makler tatsächlich nicht erwähnt. Das geht doch eigentlich nicht - ich meine, sowas muss einem doch gesagt werden!"

Alfonso war abgestiegen. Martin tat es ihm nach, verhedderte sich prompt im Steigbügel und währe fast unter sein Pferd gefallen, hätte Alfonso ihn nicht im letzten Moment gepackt.

Der Stallmeister lachte. „Sie müssen beide Füße aus den Steigbügeln nehmen, bevor Sie absteigen."

„Da hätten Sie mich ruhig vorwarnen können."

Die Tür öffnete sich und eine kleine, runzlige alte Frau erschien in der Öffnung.

„Alfonso, wie schön", begrüßte sie den Stallmeister. „Und wen bringst du mir da mit? Ist das dein Sohn?"

„Aber nein, Gina. Das ist der neue Gutsherr, Martin Krug. Ich habe dir gestern von ihm erzählt."

„Oh", machte die alte Dame und schaute Martin erschrocken an. „Sie werden mich doch nicht rausschmeißen?", fragte sie ängstlich aber mit einem rebellischen Unterton. Sie schüttelte die Faust. „Sie werden mich nicht so einfach los, junger Mann!"

Martin hob beschwichtigend die Hände. „Keine Angst, hier wird niemand rausgeschmissen - aber eine Überraschung ist es schon."

„In dem Fall, kommen Sie doch rein. Ich mache Kaffee."

Martin musste sich ducken um durch die Tür zu treten. In der Hütte war es dunkel und muffig. Er zwängte sich neben Alfonso auf eine Eckbank.

Als Gina den Kaffee ausschenkte, sagte sie beiläufig: „Wissen Sie, junger Mann, es ist besser, wenn hier jemand wohnt. An dieser Stelle."

Martin fand diese Aussage merkwürdig. „Was ist denn an dieser Stelle?"

„Haben Sie letzte Nacht gut geschlafen, Herr Krug?", erkundigte die alte Gina sich stattdessen.

Martin sah sie verwirrt an.

„Sorgen Sie immer dafür, dass an dieser Stelle jemand wohnt. Wenn ich nicht mehr bin, finden Sie jemanden. Zucker?"

Martin rührte konzentriert in seinem Kaffee. Wo war er hier hineingeraten?

„Sie machen mir Angst, alle beide", gab er schließlich zu, auch wenn es ihm peinlich war. „Ist das ein Streich, um den Neuen zu begrüßen?" Martin brachte ein schiefes Lächeln zustande. Seine Gegenüber blieben jedoch todernst.

„Wissen Sie, wie dieser Wald heißt?", fragte Alfonso. „Interessieren Sie sich für solche Dinge?"

„Aber ja, natürlich habe ich mir vorher die Karten angesehen. Dies ist der Käferwald ..." Martin brach abrupt ab. Der *Käfer*wald? Die Gestalt in seinem Traum ...

„Sie haben von ihm geträumt, nicht wahr?", stellte Gina fest. „Jeder tut das, in der ersten Nacht." Sie ergriff seine Hand. „Machen Sie sich keine Sorgen. Er ist nur ein alter Gott, den die Welt vergessen hat." Sie beugte sich vor: „Aber neigen Sie nie Ihr Haupt vor ihm."

Martins Erinnerung sprang zu der vorigen Nacht zurück. Die

Erkenntnis trieb ihm den Angstschweiß auf die Stirn. Er *hatte* sein Haupt geneigt, hatte gar nicht anders gekonnt! *„Zu ihren Diensten, Graf,"* hallte es höhnisch in seinen Ohren wider.

„Was ... was passiert denn dann?"

Die alte Gina nahm seine Hand. „Dann, junger Mann, wird es ihnen ergehen wie ihrem Vorgänger."

Gebannt starrte Martin die Frau an. Was würde nun kommen? „Bitte sagen Sie es mir, was ist passiert?"

„Sie haben es also getan? Sich vor dem Grafen verneigt?", forschte Alfonso nach.

„Es, ich, ich hatte gar keine Kontrolle darüber!", verteidigte Martin sich. „Ich wollte es nicht, aber ..."

„Ja", seufzte Gina, „manche sind einfach zu schwach ..."

„Ja, schade. Wir mochten Sie, Martin.", fügte Alfonso mit leicht zitternder Stimme hinzu.

„Was?" Martin schrie nun fast. „Was, was passiert nun mit mir, um Himmels willen, sagen Sie es mir!"

Unvermittelt brachen seine Gegenüber in prustendes Gelächter aus. Alfonso nahm sogar ein Mobiltelefon aus der Tasche und machte einen Schnappschuss von Martins verdattertem Gesicht. Den beiden liefen die Tränen über die Wangen und sie mussten sich den Bauch halten.

„Es, es", kicherte Gina, „ist doch immer wieder gut", sie gluckste und hieb auf den Tisch, „immer wieder gut ..." Eine neue Lachsalve brach aus ihr heraus.

„Es gibt also keinen Käfergrafen und auch keinen alten Gott oder sonst eine Legende, es war, wie ich mir schon dachte, ein Streich um den Neuen zum Narren zu halten." Martin wusste nicht, ob er lachen oder weinen oder vielleicht schimpfen sollte.

Alfonso schnappte nach Luft. „Oh, oh ..." Er keuchte und versuchte sich zu beruhigen. „Martin, also, den Traum, den hatten Sie doch, oder?"

Martin nickte.

Gina fuhr fort. „Wir alle haben diesen Traum. Wir alle neigen den Kopf vor dem Grafen."

„Sehen sie, der Jux war, es passiert Ihnen nichts, wenn Sie den Kopf neigen ..." Alfonso musste noch einmal kichern. „Wir wollten Sie nur ein bisschen erschrecken."

Der Stallmeister räusperte sich. „Aber den Grafen, die alte Gottheit - die gibt es wirklich. Und Sie, Martin, Sie sind nun sein Verwalter."

Mit einem Wimpernschlag
Entstehen und vergehen
Tausend Welten

Dämmerung

Vielleicht hatte jemand in die Welt gebissen?

„Chrraoupp."

Da war es wieder. War sie die Einzige, die es hörte?

Es war auch nicht sehr laut. Man konnte es leicht als irgendein Alltagsgeräusch abtun. Jemand hatte in einen Apfel gebissen. Oder hatte mit den Füßen über Kies gescharrt.

„Chrraoupp."

Nein. Sofia wusste es besser. Das war kein normales Geräusch. Es hörte sich fremd an. Weit entfernt. Groß.

„Chrraoupp."

Und das Ungeheuer Gindranog nahm noch einen Bissen von der Welt.

„Mama?"

„Ja Liebes?"

„Unser Lehrer sagt, die Welt geht nicht unter."

Angela runzelte die Stirn. „Irgendwann schon. In ferner Zukunft, aber du und ich, wir werden das nicht mehr erleben. Bestimmt wollte dein Lehrer nur sagen, dass sie jetzt noch nicht untergeht."

„Hm, kann sein. Aber da waren Leute mit Schildern, die sagten, dass sie doch untergeht."

„Es gibt immer Verrückte, die glauben, das Ende der Welt sei nahe."

Es klingelte. „Mamma, das ist Papa!" Sofia rannte zur Tür.

Angela seufzte. Sie wollte ihren Ex-Ehemann nicht sehen. Sie wischte sich die Hände an der Schürze ab und folgte ihrer Tochter. Er stand bereits im Hausflur.

„Na Kleines, Koffer gepackt?"

„Klar!" Sofia zeigte auf den grünen Rucksack, der neben der Eingangstür lehnte.

„Dann können wir ja los. Das Flugzeug wartet nicht auf uns."
Angela umarmte ihre Tochter. „Pass auf dich auf."

„Papa?"
„Ja Kleines?"
„Heute waren Leute vor der Schule. Mit Schildern. Sie sagten, dass die Welt bald untergeht. Mamma sagt, das ist nicht wahr."
„Da hat deine Mamma recht."
„Aber es waren ganz viele Leute. Haben die sich denn alle geirrt?"

Sofia schlief, den Kopf an das kalte Flugzeugfenster gedrückt. Sie träumte:
„Das Ende der Welt ist da!", riefen Menschen mit Schildern und roten Schals.
„Macht euch bereit für das Letzte Gericht!", rief ein Mann in schwarzem Mantel und weißem Kragen. Er hielt ein Schild hoch. Darauf war ein Drache gemalt der in einen Apfel biss. „Macht euch bereit für den Schöpfer!"

„Ich habe ein Zimmer reserviert. Ludwig. Ludwig Marc. L u d w i g."
„Ist das ihre Tochter?"
Marc schob Sofias Ausweis auf den Empfangstresen, dazu eine Bescheinigung von ihrer Mutter.
Die Frau inspizierte die Papiere kurz, bevor sie eine Schlüsselkarte auf den Tresen legte. Mit großen Augen starrte Sofia auf den angebissenen Apfel, den die Frau bei ihrem Eintreten abgelegt hatte.

„Berlin. Am Sonntagmorgen stürzte ein Mann in eine Bäckerei und rief: Rettet eure Seelen und betet zum Herrn. Das Ende ist nah!"

„Paris. Eine Gruppierung junger Leute überfällt Passanten. Die Festnahme erfolgte durch die örtliche Polizei. Die Befragung der Jugendlichen ergab, dass die Passanten als Opfergabe dienen sollten. Die jungen Menschen trugen auf ihren kahlrasierten Schädeln alle die gleiche Tätowierung: einen angebissenen Apfel."

„Wissenschaftler glauben, das Weltall sei unendlich und werde immer größer. Das stimmt nicht. Die Welt gleicht einem Apfel. Und dort, wo bei einem Apfel das Gehäuse ist, befindet sich eine Art Schnellstraße. Galaxien, ganze Universen, werden hineingezogen und entstehen auf der anderen Seite neu. Beim Übergang durch dieses ‚Gehäuse' werden sie auseinandergezogen. Ein unendlicher Strom, Universen verschwinden, werden wiedergeboren, verschwinden … Es gibt viele solcher 'Äpfel'. "

Mit großen Augen hörte Nng'a seinem Meister zu. Die Welt - ein Apfel?

„*Chrraoupp.*"

Und das Ungeheuer Gindranog nahm noch einen Bissen von der Welt.

Eine Welle
Eine Wurzel
Ein Nerv
Breitet sich aus zu den fremdartigsten Sphären
Des Daseins
Eine sich streckende
Gottheit

Rictiuvarus

Es war Ende April und es regnete in Strömen. Die tropfnasse Cornelia Hahn steckte das Handy zurück in ihre Innentasche und betrachtete das Poster in der Tür der Jugendherberge.

„Aussichtsturm Schaumberg. Öffnungszeiten Aussichtsplattform: täglich 10 - 21 Uhr"

„Hallo! Sind sie die Dame, die eben angerufen hat?" Die Stimme wurde von Schlüsselgeklimper begleitet.

Erleichtert drehte Cornelia sich um. „Ja, das bin ich. Ich hatte gestern angerufen und ein Zimmer reserviert."

„Sie können die ganze Herberge haben, wenn Sie wollen", antwortete die Frau lachend und öffnete die Herbergstür. „Wir haben zurzeit keine anderen Gäste. Warten Sie hier, ich hole schnell Handtücher und Bettwäsche."

Während Cornelia den Fußboden in der Eingangshalle volltropfte, stand sie in Gedanken bereits unter einer warmen Dusche. Hoffentlich waren die Sachen in ihrem Rucksack noch nicht völlig durchnässt. Hinter ihr quietschte die Eingangstür.

Sie drehte sich um. Ein Mann um die vierzig mit Rucksack war eingetreten. „Hallo", begrüßte sie ihn.

Der Mann lächelte. „Hallo. Da bin ich ja nicht der einzige Verrückte, der heute zu Fuß unterwegs ist." Er ließ seinen Rucksack zu Boden gleiten und streckte ihr die patschnasse Hand hin: „Jonathan Fuchs. Wanderführer."

„Cornelia Hahn. Studentin. Freut mich."

Sie blickte sich um. „Das Bistro hat wohl geschlossen. Wissen Sie vielleicht, wo man hier zu Abend essen kann?"

„Im Schwimmbad, aber da müssten Sie sich noch einmal raus in den Regen trauen."

Cornelia schüttelte sich. „Am liebsten nicht, aber ich würde schon noch gerne was essen. Wo werden Sie denn essen?"

„Ich habe noch ein paar Reste, Äpfel, Brot und Käse, wenn Sie wollen, teile ich mit Ihnen."

„Oh, das ist aber nett. Ich könnte eine Flasche Rotwein beisteuern." Sie wurde rot. „Die war eigentlich als Geschenk für eine Freundin gedacht."

„Und die wollten Sie die ganze Zeit mit sich rumschleppen?"

„Na ja, das war so ein unüberlegter Spontankauf."

Die Herbergsmutter kam zurück. „So bitte, hier sind Ihre Schlüssel und Handtücher - ah, Herr Fuchs. Ich dachte, Sie treffen erst Morgen ein? Ich bin gleich bei Ihnen, ich zeige der jungen Frau nur erst ihr Zimmer."

„Treffen wir uns so um achte hier zum gemeinsamen Resteessen mit Rotwein?", fragte Jonathan.

Cornelia lachte. „Aber gerne!"

„Dann bis nachher." Der Mann lächelte und fügte hinzu: „'Du' reicht übrigens völlig."

Nach einer warmen Dusche fischte Cornelia sich die am wenigsten feuchten Klamotten aus dem Gepäck und hängte den Rest an jeder verfügbaren Stelle im Zimmer zum trocknen auf. Ihr Blick fiel durch das Fenster. War das ein Pferd draußen auf dem Rasen? Ob es wohl entlaufen war? Cornelia kippte das Fenster, damit die Feuchtigkeit der Kleider entweichen konnte. Dabei schreckte das Tier hoch, drehte sich zu ihr um, bockte und verschwand im Regenschleier.

Erschrocken schlug Cornelia die Hand vor den Mund. Dort, wo eigentlich ein neugieriger Pferdekopf hätte sein müssen, war nur ein Rumpf zu sehen gewesen.

Mit einem mulmigen Gefühl im Magen begab Cornelia sich zum Empfangsbereich. Bestimmt hatten ihre Augen ihr einen Streich gespielt. Es war einfach ein entlaufenes Pferd und durch die schlechte Sicht hatte es so ausgesehen, als ob der Kopf fehlte.

Jonathan wartete bereits. Sie stellte ihre Weinflasche auf den gedeckten Tisch. „Da bin ich", sagte sie unsicher und hätte sich am liebsten geohrfeigt.

„Gibt es hier Pferdeställe in der Nähe?", fragte sie gleich darauf.

Jonathan lächelte. „Ein paar. Willst du morgen reiten gehen?"

„Nein. Aber irgendwo muss ein Pferd entlaufen sein. Ich sah es eben auf dem Rasen vor der Herberge stehen. Es ist aber schon wieder weg."

„Wir sollten bei der Polizei Bescheid geben." Er öffnete die Weinflasche mit seinem Taschenmesser. „Kennst du die Legende vom kopflosen Pferd?"

Cornelia musste sich setzen. „Bitte?"

„Das kopflose Pferd. Vielleicht hast du das gesehen. Du wärst nicht die Erste." Er schenkte den Wein aus. „Das Pferd ist harmlos. Solange sein Reiter nicht in der Nähe ist."

Cornelia nahm einen tiefen Schluck. „Du kennst dich wohl aus?", antwortete sie heiser.

„Die Spukgeschichten hier im Wareswald sind meine Spezialität. Wenn du willst, mache ich mit dir morgen die Geistertour. Einverstanden?"

Am nächsten Morgen saß Cornelia bereits um sieben am Frühstückstisch. Für gewöhnlich stand sie nie so früh auf, aber sie hatte schon lange nicht mehr so gut geschlafen. Da Jonathan noch nicht da war und es offenbar auch noch keinen Kaffee gab, zog sie ihr Smartphone hervor und googelte nach „kopfloses Pferd Schaumberg". Sie wurde prompt auf einer einschlägigen Seite fündig.

„Guten Morgen. Na, ausgeschlafen?"

Cornelia blickte von ihrem Handy auf. Es war Jonathan.

„Guten Morgen. Danke, ich hab geschlafen wie ein Baby."

Jonathan setzte sich ihr gegenüber und blickte schmunzelnd auf das Handy.

„Ich hab nach dem kopflosen Pferd gegoogelt. Es wird im

Zusammenhang mit einem gewissen Varus erwähnt." Sie blickte auf. „Der Kaffee kommt!" Dabei sah sie den Wanderführer zum ersten Mal richtig an. Er hatte dunkle Ringe unter den Augen und sah irgendwie weniger unbeschwert aus als noch am Vorabend. „Hast du auf einer Erbse gelegen?", fragte sie scherzhaft.

Statt auf den Scherz einzugehen, brummte Jonathan, mehr zu sich selbst als zu ihr: „Heute ist ein schlechter Zeitpunkt für die Geistertour. Vielleicht sollten wir es lieber verschieben."

Cornelia konnte ihre Enttäuschung nicht verbergen. „Aber - das Wetter ist doch fabelhaft - im Vergleich zu gestern ..." Auf einmal stieg ihr modriger Waldgeruch in die Nase. Sie wandte sich dem Geruch zu und fuhr zusammen. Ein dunkel gekleideter Mann stand direkt an ihrem Tisch!

Als wäre er aus dem Boden gewachsen, dachte sie.

„Ah, die Geistertour!", rief der Mann aus, „Dieser alte Hut!" Er schlug Jonathan kameradschaftlich auf die Schulter. „Also wenn *er* dich nicht führen will, dann komm doch mit *mir*!" Er lachte und es klang wie das Knarzen von Ästen im Wind. Cornelia fröstelte.

Jonathan schien den sonderbaren Kerl offenbar gut zu kennen: „Hau ab, Nick."

„Aber ich kenne den Wareswald mindestens ebenso gut wie du!"

Jonathan warf dem Mann einen bösen Blick zu. „Zieh Leine."

Nick hob abwehrend die Hände „Ich wollte nur freundlich sein."

Jonathans Miene verfinsterte sich, als der andere Mann sich an den Nebentisch setzte. „Cornelia, was hältst du von einem Frühstück im Wald?", schlug er unvermittelt vor.

Die Studentin zog die Augenbrauen hoch. „Wenn das bedeutet, dass die Geistertour nicht ausfällt, bin ich dabei."

Erst als sie unterwegs waren, traute Cornelia sich, nachzuhaken. „Du kannst diesen Nick wohl nicht leiden, was?"

Jonathan sah sie ernst an. „Tu mir bitte einen Gefallen und halte dich von ihm fern." Mehr schien er dazu nicht sagen zu wollen.

„Ist er auch ein Wanderführer?"

„Nein." Bei einer Bank blieb Jonathan stehen. „Hier wäre ein guter Platz zum Frühstücken, was meinst du?"

Sie tranken eine Weile schweigend ihren Kaffee. Es war noch diesig vom Regen und stellenweise hingen Nebelfetzen über der Erde. Auf einmal legte Jonathan ihr die Hand auf den Arm. „Sei ganz still", raunte er, „und schau mal dahinten zwischen die Bäume."

Cornelia, die glaubte gleich ein Reh zu Gesicht zu bekommen, schaute in die gezeigte Richtung und musste einen Aufschrei unterdrücken. Dort stand ein Pferd mit gesenktem Kopf - oder zumindest sah es auf den ersten Blick so aus. Und daneben ein schwarzer Hund, der mit rot glühenden Augen zu ihnen herüberblickte.

Cornelia tränten die Augen und ihr Herz klopfte wie wild. Das kopflose Pferd schlenderte unter den Bäumen umher, als ob es grasen würde.

Unvermittelt wandte der Hund den Kopf nach links zum Weg und winselte. Cornelia spürte, wie sich ihre Nackenhaare sträubten. Gleich darauf war die Erscheinung verschwunden.

„Da seid ihr ja!", rief eine vergnügte Stimme. Es war Nick. „Ich gehe rauf zum Teufelspflaster. Wollt ihr mich begleiten?"

„Wie du siehst, sind wir noch beim Frühstücken, Nick", entgegnete Jonathan gereizt.

„Frühstückt nicht zu lang, sonst kommt ihr noch zu spät." Nick winkte und setzte seinen Weg fort.

Cornelia klopfte das Herz bis zum Hals. Nick hatte sie fast mehr erschreckt, als die Erscheinungen. „Was ist das Teufelspflaster? Und was meint er mit ,zu spät kommen'?"

Jonathan antwortete, als er sicher war, dass Nick außer Hörweite war. „Das ist der Ort, an dem Varus seine Wette gegen den Teufel verloren hat."

„Aus deinem Mund klingt das wie eine Tatsache."

Jonathan atmete hörbar aus, so als habe er gerade den Atem angehalten. „Das Ereignis wiederholt sich an bestimmten Jahrestagen. Ich habe es einmal mit eigenen Augen gesehen."

Cornelia bekam eine Gänsehaut. „Lass mich raten, heute *ist* ein solcher Jahrestag."

Jonathan nickte. „Vielleicht solltest du doch lieber einen unbeschwerten Tag im Schwimmbad verbringen?" Er versuchte zu lächeln: „Das ist eh bestimmt lustiger, als mit so einem alten Knacker wie mir rumzuhängen."

Cornelia war nicht entgangen, dass Jonathan ihre zweite Frage nicht beantwortet hatte. Sie musste sich jedoch eingestehen, dass ihre Toleranzgrenze für übersinnliche Erfahrungen bereits überschritten war.

„Na, womöglich hast du recht." Sie packte ihr restliches Frühstück wieder ein. Irgendwie hatte sie keinen Hunger mehr. „Dann sehen wir uns vielleicht heute Abend im Bistro?"

Jonathan nickte abwesend.

Cornelia schulterte ihren Rucksack und machte sich auf den Rückweg. Je näher sie der Herberge kam, desto stärker wurde das Gefühl, dass sie in die falsche Richtung lief. Der Mann ist alt genug, um auf sich aufzupassen, schalt sie sich in Gedanken. Trotzdem wurde ihr immer unbehaglicher zumute. „*Sonst kommt ihr noch zu spät*", hatte Nick gesagt. Zu spät zu was? Und überhaupt - Geistererscheinungen am helllichten Tag? An einem Frühlingsmorgen?

Ach was - wer weiß, was sie da eben zwischen den Bäumen gesehen hatte. Vielleicht stand da tatsächlich ein Pferd auf einer Weide, und ein Nebelschwaden, oder ein tief hängender Ast, hatte den Kopf verdeckt. Und der Hund war eben einfach ein streunender Hund. Zugegeben, seine Augen hatten geleuchtet wie glühende Kohlen, aber da hatte ihre Fantasie ihr wohl einen Streich gespielt. Wahrscheinlich hatte Jonathan sie nur loswerden wollen, weil er irgendein krummes Ding mit diesem Nick am Laufen hatte. Die beiden kannten sich offensichtlich recht gut.

Abrupt blieb sie stehen. Der schwarze Hund versperrte ihr den Weg. Cornelia stockte der Atem, ihr Puls raste. Das große Tier knurrte und fletschte die Zähne, während sein Kopf länger wurde. Unfähig, sich zu bewegen beobachtete Cornelia, wie der ganze Körper größer wurde, Haare verschwanden, Arme und Beine sich bildeten, bis ein Mann in römischer Rüstung vor Cornelia stand.

„Das Teufelspflaster", sagte die Erscheinung. „Du kannst ihn retten."

„Wen?", fragte Cornelia heiser.

„Jonathan. Du kannst ihn retten."

Die Erscheinung verschwand und ließ Cornelia fröstelnd in der Frühlingssonne zurück. Mit zitternden Händen faltete sie ihre Karte auseinander. Sie musste dieses Teufelspflaster finden!

„Können wir Ihnen helfen?"

Cornelia hatte das ältere Pärchen gar nicht kommen hören und bekam vor Schreck erst keinen Ton heraus.

„Lassen Sie mal sehen, was suchen Sie denn? Wir kennen uns hier ganz gut aus."

„Das Teufelspflaster", entfuhr es Cornelia, ehe sie sich bremsen konnte.

„So, so. Ja, den Ort kenne ich. Steht auf den meisten neueren Karten nicht drauf. War mal auf der Geistertour mit Jonathan." Der Mann zückte einen Stift aus seiner Brusttasche und beugte sich über die Karte. „Darf ich?" Er machte ein Kreuz und schrieb „Teufelspflaster" auf die Karte. „Sie müssen da entlang", der Mann zeigte ihr den Weg „und dann die erste

Abzweigung links. Viel Spaß noch." Der Mann zwinkerte und die Frau winkte zum Abschied.

Sprachlos blieb Cornelia auf dem Weg zurück und starrte dem Pärchen nach. Was machte sie hier eigentlich? Geister jagen? Sie faltete die Karte zusammen und wollte gerade zurück zur Herberge marschieren, als sie den schwarzen Hund im Wald verschwinden sah - genau in der Richtung, in der das Teufelspflaster liegen sollte.

„Diesmal will ich aber wissen, was das soll", murmelte Cornelia und setzte dem Hund nach.

Sie folgte dem Hund, so schnell sie konnte. Ein paar Mal verlor sie ihn fast aus den Augen, doch irgendwie schien der Hund immer extra auf sie zu warten.

Mitten auf einer Lichtung blieb der Geisterhund stehen. Er sah sie mit seinen glühenden Augen an, dann veränderten sich seine Konturen erneut. Cornelia hielt den Atem an. Wo sich eben noch ein Hund befunden hatte, stand wieder der große Mann in römischer Prunkrüstung. Seine Augen glühten und das Haar stand wild unter dem Helm hervor.

„Es ist noch Zeit", tönte er mit tiefer Stimme. „Sprich die Worte und du kannst ihn retten." Er breitete den rechten Arm aus, wie um ihr etwas zu zeigen.

Tatsächlich tat sich vor Cornelia eine Szenerie auf, die sie noch lange in ihren Träumen verfolgen sollte.

Auf einer improvisierten Bühne knieten mehrere gefesselte Soldaten. Eine kleine Zuschauermenge hatte sich vor der Tribüne versammelt.

Etwas abseits erkannte Cornelia eine Gestalt, die sie lieber nicht gesehen hätte: Zwischen den Bäumen im Schatten stand Nick. Er bemerkte ihren Blick und winkte sie zu sich. Cornelias Blick schweifte zurück zu den Soldaten. Sie erschrak. Unter den Knieenden befand sich Jonathan! „Nein!", schrie sie und rannte zur Bühne.

Sie glitt durch das Holz hindurch, als wäre es Wasser. Hinter sich hörte sie Nicks Stimme wie aus einer anderen Welt. Der Mann in Prunkrüstung trat auf die Bühne und richtete ein paar Worte an die Gefesselten. Dann hob er sein Schwert und Cornelia musste hilflos mit ansehen, wie er einen nach dem anderen hinrichtete.

„Cornelia?"

Jemand schüttelte sie.

„Cornelia, wach auf!"

Tot. Er war tot. Sie hatte es mit eigenen Augen gesehen!

„Cornelia, komm zu dir!" Die Stimme kam ihr bekannt vor. Eine Hand fühlte ihren Puls. Sie hörte Rascheln und Reißverschlüsse, dann tropfte ihr kaltes Wasser ins Gesicht.

„Hm. Hey!" Cornelia schlug die Augen auf.

Neben ihr kniete Nick und sah sie überraschenderweise ehrlich besorgt an. „Alles in Ordnung?"

Cornelia runzelte die Stirn. Hatte sie das eben nur geträumt?

„Mir fehlt nichts", erklärte sie bestimmt und stieß Nicks Hand weg. Plötzlich fühlte sie, wie die Erde bebte.

„Spürst du das?", fragte er. „Das ist der Wagen."

Dann sah Cornelia, was Nick meinte: Sechs nebeneinander gespannte Pferde rasten im vollen Galopp auf sie zu, eines der Tiere war ohne Kopf. Hinter sich zogen sie einen Streitwagen, gelenkt von dem Mann in der römischen Prunkrüstung. Eine dichte Staubwolke umgab das Gespann und es schien, als würden große Pflastersteine hinter dem Wagen in die Luft steigen, um vor den Hufen der Pferde wieder auf der Erde zu landen.

Nick packte Cornelia an den Schultern und zerrte sie an den Rand des Hohlwegs. Mit offenem Mund starrte Cornelia den Wagen an, der dicht an ihr vorbeizog. Blätter und Erde wirbelten durch die Luft, es roch nach Staub.

Die Erscheinung verschwand eben so plötzlich, wie sie

aufgetaucht war. Wütend schüttelte Cornelia Nicks Hände ab. Sie hatte also nicht geträumt!

„Lassen Sie mich los, sie Widerling!"

„Na, na, immerhin habe ich dich vor der Kutsche gerettet."

„So ein Mist, Sie wissen genau so gut wie ich, dass die Kutsche nicht echt ist."

„Du glaubst, sie könnte dir nichts anhaben, ja? Und wie war das mit Jonathan vorhin?"

Cornelia stieß ihn hart vor die Brust. „Sie Schuft. Sie haben einfach zugesehen! Hauen Sie bloß ab!"

Bildete sie sich das nur ein, oder hatte Nicks Haar einen grünlichen Schimmer angenommen? Nick legte den Kopf schief. „Du suchst das Böse an der falschen Stelle!"

„Sie haben einfach zugesehen ..."

„Es gibt nur eine Person mit der Macht, dies alles zu beenden. Und das bist du."

Cornelia starrte Nick mit offenem Mund an.

„Jonathan ist nicht tot. Aber in jedem Zyklus erlebt er dieses furchtbare Geschehen erneut. Er hat Varus längst verziehen. Aber du nicht ..."

Cornelia schüttelte den Kopf. „Von was zum Teufel reden Sie?"

„Rictium Varus hat im Namen Roms schreckliche Verbrechen begangen. Er hat viele hinrichten lassen, nur weil sie den römischen Kaiser nicht als Gott anbeten wollten. Auch hier am Schaumberg, wovon du selbst Zeuge wurdest. Doch einer der Hinterbliebenen wollte Rache und beschwor die Macht, welche über diesen Ort wachte, über Rictium Varus zu richten. Mich."

Übergangslos veränderte sich das Aussehen von Nick. Entsetzt beobachtete Cornelia, wie ihm ein Geweih aus dem Kopf wuchs, seine Haare lang und zottelig wurden und seine Haut die Farbe des Waldes annahm.

„Rictium Varus", hallte seine Stimme durch den Wald, „Du hast auf Befehl deines Kaisers gehandelt, daher will ich dir eine letzte Chance geben. Vermagst du schneller zu fahren, als ich dir den Weg bereiten kann, so bist du frei und sollst fortan als guter Mensch leben. Verlierst du jedoch - so sollst du mein Diener sein, bis dir deine Verbrechen verziehen werden." Er wandte sich wieder Cornelia zu. „Jonathan ist ein Nachfahre von einem der Männer, die getötet wurden. Und du bist die Nachfahrin der Person, die den Fluch aussprach. Nur du kannst ihn zurücknehmen. Meinst du nicht, Varus hat lange genug für seine Sünden gebüßt?"

Cornelia starrte in die funkelnden schwarzen Augen. „Das kann ich nicht entscheiden."

„Bedenke", fuhr der Nick, der Waldgott, fort, „Alles hat seinen Preis. Jonathan und alle, die nach ihm kommen, müssen ebenso leiden, solange der Fluch bestehen bleibt."

„Nein. Das ist nicht richtig!"

„Dann sprich mir nach: Ich, Nachfahrin von Cornelius Gallus, hebe den Fluch auf, den ich über Rictium Varus, ehemals Präfekt von Trier, verhängt habe."

Cornelia wiederholte die Worte. Kaum hatte sie geendet, ertönte ein lautes Heulen und Brüllen. Der Boden des Hohlwegs bewegte sich und als hätte ein Riese seine Faust durch die Erde gestoßen stieg ein Wagen mit sechs Pferden aus der Erde empor. Ein großer Mann in strahlender Rüstung hielt die Zügel in der Hand. Er tippte mit dem Gertenstiel an seinen Helm, wie zum Gruß, dann stob er davon.

Ich bin ein Bürger dieser Stadt.
Ist das nicht komisch?"

(Ein Bürger)

Die Erste Stadt

Der Anfang
 Brachte Tod
 Brachte Leben

Lano starrte auf die pockennarbige Ebene hinab.

„Das soll die Wiege des Ursprungs sein?" Er warf seiner Mentorin einen argwöhnischen Blick zu. „Du machst dich doch wieder über mich lustig!"

„Nein, ganz und gar nicht, mein respektloser Schüler. Das *ist* die Wiege des Ursprungs."

Und die grünen Tiefen waren so voll mit Leben, dass sie überquollen. Sie gebaren die Waldkreaturen und die Windkreaturen, die Flusskreaturen und die Sandkreaturen. Schließlich gebaren sie die Onock.

Tausende Male hatte Lano diese geheimnisvollen Zeilen gehört und selbst ausgesprochen.

„Aber…", stotterte er hilflos, „Die grünen Tiefen…"

Höba lächelte ihn freundlich an. „Du hast es dir anders vorgestellt. Lass uns die Wiege von Nahem betrachten."

Lano folgte seiner Mentorin den steinigen Abhang hinab. Es gab keinen Pfad. *Man ging hier nicht hin.* Der Ort war tabu. Lano trieb diese Tatsache immer noch den Angstschweiß auf die Stirn. *Das* hatte seinen Nesthütern sicher nicht vorgeschwebt, als sie ihren einzigen Nachwuchs bei einer Heilerin in die Lehre gegeben hatten.

„Führen alle Heiler ihre Schüler in das verbotene Tal?"

„Du hast Angst!", stellte Höba verschmitzt fest. „Es gibt Eingeweihte und jene, die Angst haben. Wenn du Angst vor Wissen hast, muss ich dich zurück in dein Nest bringen."

„Ich habe keine Angst vor Wissen. Aber das Betreten der grünen Tiefen…"

„Ist verboten. Ich weiß. Aber wir sind Heiler. Wir müssen eingetretene Pfade verlassen. Es ist wichtig, dass du das Tal siehst. Es wird dir helfen, zu verstehen." Sie hielt inne und bückte sich nach etwas. „Na komm, und sieh selbst."

Lano kniete sich neben seine Mentorin. Sie zeigte auf eine schmächtige Pflanze. Lano konnte sie nicht identifizieren.

„Was ist das?"

Das Pflänzchen faltete die schmalen Blätter auseinander und flog davon.

Höba schüttelte den Kopf. „Ich weiß es nicht. Ein vermutlich einmaliges Geschöpf."

„Die grünen Tiefen…" Lano stockte. Konnte das wirklich sein?

„Bringen immer noch Leben hervor", beendete Höba seinen Satz. „Doch deshalb sind wir nicht hier." Sie zeigte auf die Ebene hinaus. „Unser Ziel ist das Zentrum."

Lano folgte Höbas ausgestreckter Hand mit dem Blick. Dort war etwas Dunkles zu erkennen, das er von oben nicht hatte sehen können. In der diesigen Luft erhoben sich schemenhafte Umrisse zum Himmel.

„Was liegt dort? Eine Felsformation?", wollte Lano wissen.

„Die Erste Stadt."

Höbas Antwort jagte Lano einen Schauer über den Rücken. Er hätte liebend gern weiter gebohrt, aber er kannte Höba gut genug, um zu wissen, wann die Fragestunde zu Ende war. Stumm marschierten sie nebeneinander her.

Lano fiel auf, dass Höba immer darauf achtete, einen gewissen Abstand zu den unregelmäßig verteilten Kratern einzuhalten. Das wurde zunehmend schwieriger, je näher sie dem Zentrum kamen, da die Krater hier viel dichter beieinanderlagen. Warum das wohl so war? Lano merkte sich die Frage für später. Vielleicht klärte sich das Rätsel auch von selbst auf, wenn sie ihr Ziel erreicht hatten.

Als der Boden unter ihren Füßen von rotgold zu schwarz überging, blieb Höba stehen. „Von hier an musst du alleine weitergehen. Ich werde an dieser Stelle mein Lager aufschlagen und auf dich warten."

Lano war wie versteinert. Er war sich nicht sicher, ob er Höba richtig verstanden hatte. Sie drückte ihm einen ihrer Beutel in die Hand. „Zusätzliches Proviant. Iss es nicht auf, solange du nicht musst."

Lano nahm zitternd den Beutel entgegen und blickte Höba flehentlich an. Sie legte ihm beide Hände auf die Schultern. „Fünf Zyklen bist du bereits mein Schüler. Ich habe dich vieles gelehrt, doch das hier musst du alleine meistern. Ich wäre dir nur im Weg."

„Das ist… also doch eine Prüfung?"

"Nein. Es ist der erste Schritt." Höba sah ihn ernst an. „Du kannst hier umkehren, dann ist deine Ausbildung heute abgeschlossen. Willst du umkehren?"

Lano wandte den Blick und betrachtete die dunklen Gebilde der Ersten Stadt. Er wusste, er konnte Höba vertrauen. Sie hätte ihn nicht hierher gebracht, wenn sie dächte, er wäre der Herausforderung nicht gewachsen.

Er wandte sich wieder seiner Mentorin zu. „Nein. Ich habe keine Angst vor Wissen."

Höba lächelte stolz und drehte ihn wortlos zu den dunklen Schemen.

„Geh' durch das Tor der Stadt, zwischen den zwei höchsten Felsnadeln hindurch."

Mit wackligen Beinen schritt Lano auf die Erste Stadt zu. Sein Herz klopfte ihm bis zum Hals. Zitternd setzte er einen Fuß vor den anderen und achtete darauf, den Kratern nicht zu nahe zu kommen. Der Boden unter seinen Füßen war von feinem dunklen Staub überzogen.

Er bückte sich und strich mit den Fingern darüber. Überrascht zog er die Hand weg: Unter der Staubschicht befand sich ein dunkel glänzendes, durchscheinendes Material. Und unter diesem, ein Schatten.

Etwas bewegte sich dort unten.

Lano schnellte hoch und musste den Impuls unterdrücken, wegzurennen. Mithilfe der Atemtechniken, die Höba ihm beigebracht hatte, konnte Lano seine Angst bezwingen. Er straffte die Schultern und schritt weiter.

Die dunklen Schemen vor ihm nahmen langsam Gestalt an. Hohe Spitzen ragten aus dem Boden, wie Felsnadeln, auch sie bestanden aus jenem durchscheinenden Material. Die Krater lagen jetzt so nah beieinander, dass Lano Schwierigkeiten hatte, den gebührenden Abstand zu halten.

Ohne dass es ihm aufgefallen war, hatte sich der Untergrund unter seinen Füßen verändert: Statt einer Staubschicht lief er nun über etwas Glitschiges, Grünes.

„Die grünen Tiefen", murmelte er.

Über sich vernahm er ein rauschendes Geräusch. Er blickte nach oben. Ein Schatten senkte sich schnell auf ihn herab. Ein Schatten mit einem scharfen Schnabel! Lano warf schützend seine Arme vors Gesicht. Der Vogel flog geradewegs auf Lanos Kopf zu. Er musste sich nach hinten beugen, um nicht von den ausgestreckten Krallen getroffen zu werden.

Als er zurückwich, rutschte Lano auf dem glitschigen Untergrund aus und fiel hintenüber in einen der Krater.

Nun ist es aus, durchfuhr es ihn.

Er fiel nicht sehr weit, riss am Ende ein paar brüchige Stücke von seltsamen, glasähnlichen, röhrenförmigen und verdrehten Gebilden mit und landete auf etwas Weichem. Lano betastete seinen Körper. Nichts war passiert, nur ein paar Schrammen.

Das weiche Material, auf dem er gelandet war, fühlte sich kühl und feucht an. Alles war in ein ungewohntes Halbdunkel getaucht. Oben wurde es nicht einmal während der Ruhezeit so dunkel. Dunkel und kühl.

Wie seltsam, dachte Lano.

Aber gefährlich schien es nicht zu sein. Warum hatte Höba dann immer einen riesigen Bogen um diese Krater gemacht?

Er blickte nach oben und gab sich die Antwort selbst. „Weil man hier nicht mehr rauskommt." Die Öffnung, durch die er offenbar gefallen war, war verschwunden.

In der Ferne sah Lano ein schwaches Licht. Er tappte unsicher darauf zu. Das feuchte Material unter seinen Füßen fühlte sich wunderbar weich und federnd an. Es schluckte das Geräusch seiner Schritte und verströmte einen würzigen Geruch. Lano liebte es.

Die Umgebung um ihn herum wurde langsam immer heller, bis Lano das weiche Material erkennen konnte. Er ging in die Hocke und betrachtete es aus der Nähe. Es war ein Teppich aus niedrigen dunkelgrünen Pflanzen mit winzigen Blättchen. Fasziniert strich Lano darüber.

Er sah in die Richtung, aus der das Licht kam. Er hatte blauen Himmel erwartet, aber er kam wohl nur in etwas helleres Zwielicht.

„Wie eine Höhle."

Tatsächlich kam er unter so etwas wie einem Felsvorsprung hervor.

Lano blickte sich erstaunt um. Riesige Säulen umgaben ihn, braun, grün, grau, manche weiß und der ganze Boden war mit Pflanzen bedeckt. Auch von den Säulen hingen sie herab. So etwas hatte Lano noch nie gesehen. An der Oberfläche, an dem Ort, von dem er stammte, waren Pflanzen etwas Seltenes, und wenn es welche gab, dann waren sie klein, zäh und trocken.

Hier war alles grün und die Erde feucht, es glitzerten sogar Wassertropfen auf den Blättern der Säulenpflanzen. Er folgte dem Stängel einer fast waagerecht wachsenden Pflanze, weil er wissen wollte, wie sie sich an den Säulen festhielten. Zu seiner

Überraschung schien die Pflanze mit der Säule verwachsen zu sein - oder ... war es möglich? Die Säulen selbst waren riesige Pflanzen? Von dieser Erkenntnis überwältigt sank Lano auf die Knie und starrte nach oben.

Eine Weile saß er selbstvergessen da. Ein leises Rascheln riss ihn aus der Trance. Er sah sich um. Von wo war das Geräusch gekommen? Da. Da war es wieder. Schräg hinter ihm. Er drehte sich um. Ein Schatten huschte aus seinem Blickwinkel. Ein Tier? Lano hielt in der Bewegung inne.

„Vielleicht kommt es zurück, wenn ich mich nicht bewege."

Lano verharrte eine Weile in dieser unbequemen Position, aber nichts passierte.

„Schade. Es ist wohl weggelaufen."

Er stand auf und blickte sich zu seiner Orientierung ein weiteres Mal um. Das Zurechtfinden zwischen all diesen Säulen würde schwer werden. Er sah nicht einmal den Horizont.

Langsam wandte er sich der Richtung zu, in die der Schatten verschwunden war. Dort standen die Pflanzen etwas dichter, sie verfingen sich an seinen Füssen und in seiner Kleidung.

Nachdem er sich durch das Dickicht gekämpft hatte, stand er plötzlich vor einer Senke. Ein leises, gurgelndes Geräusch erregte seine Aufmerksamkeit. Unten, zwischen weißen Blüten, schlängelte sich eine Wasserader.

Fließendes Wasser! Voller Ehrfurcht starrte Lano auf den kleinen Bach. Forsch stapfte er den Abhang hinunter. Das musste er sich aus der Nähe ansehen.

Das Wasser war klar und die Körper kleiner, stromlinienförmiger Tiere blitzen darin auf. Lano ging in die Hocke und streckte seine Hand in das Nass. Er schloss die Augen. Ob er das Wasser trinken konnte? Lano öffnete die Augen wieder und ließ etwas Wasser in seine hohle Hand laufen. Er nahm einen kleinen Schluck. Es schmeckte frisch und würzig. Er nahm noch ein paar Schlucke, griff schließlich nach der abgewetzten Feldflasche an seinem Gürtel, ließ das mitgebrachte sandige, faulige Wasser daraus herauslaufen und füllte sie mit frischem Wasser aus dem Bach.

Langsam richtete er sich wieder auf. Was nun? War das ein Traum? Oder eine echte Welt? War das von Belang? Was war passiert? Konnte es sein, dass direkt unter ihren Füßen eine Welt des Überflusses wartete, und sie wussten es nicht? Oder war er nur zufällig hier gelandet? Konnte er hierbleiben? Konnte er zurück?

„Ich bin vielleicht ganz alleine hier." Diese Erkenntnis senkte sich wie eine schwere Decke über ihn. „Und vielleicht kann ich nicht zurück ..." Aber nein. Höba hätte ihn nie auf eine Reise ohne Wiederkehr geschickt. Es musste einen Weg zurück geben.

Wo war er? Unter der anderen Welt oder ganz wo anders?

„Ich muss den Himmel sehen."

Er überlegte kurz. Vielleicht, wenn er einfach dem Bach folgte. Zumindest hätte er damit einen Orientierungspunkt. Im Notfall musste er zu seinem Ausgangspunkt zurück und irgendwie versuchen, das Loch nach oben zu finden, durch das er gefallen war. Vielleicht würde es ja wieder auftauchen, sobald er zurückwollte - oder erledigt hatte, was auch immer er hier zu erledigen hatte.

Es erwies sich als sehr anstrengend, dem Wasserlauf zu folgen. Der Boden war weich und es gab sumpfige Stellen. Doch die Mühe lohnte sich. Die Säulen um ihm herum wurden seltener und niedriger, bis er irgendwann, zu seiner Überraschung, einen Himmel sehen konnte. Ein rosafarbener Himmel mit weißen Wolken darin.

Blinzelnd trat er aus der Säulenhalle hinaus und blickte über geschwungene, grüne Hügel. Er sah Vögel den Himmel durchkämmen und eine Gruppe kleiner dunkler Gestalten bewegten sich in der Ferne. Überall schwirrten kleine Tiere und der Boden war übersäht mit Blumen.

„Die Grünen Tiefen." Langsam begriff Lano, was passiert war, wo er war. Die Krater führten in die Grünen Tiefen.

„Aber weshalb wohnen wir denn nicht hier, anstatt oben?", fragte er sich laut.

„Du kannst hier nicht leben. Die Grünen Tiefen erneuern sich jeden Tag. Nichts hat hier Bestand."

Erschrocken drehte Lano sich um. Eine schwarze, hochgewachsene Gestalt stand hinter ihm. Glänzend. Gepanzert. Insektenartig.

„Wer bist du? Lebst du hier?", erkundigte Lano sich, nachdem sein Herzschlag sich wieder beruhigt hatte.

„Nein. Wie ich eben schon sagte, man kann hier nicht leben. Dieser Wald wird morgen nicht mehr sein."

„Wald? Meinst du ‚Welt'? Wann ist morgen? Was bedeutet hier ein Tag?" Lano hatte tausend Fragen.

„Wald nennt man diese Ansammlung großer Pflanzen." Der Fremde zeigte auf die Säulenpflanzen.

„Wann beginnt ein neuer Tag? Sind wir unter der Erde oder in einer anderen Welt?",wollte Lano wissen.

„Du hast viele Fragen. Die anderen waren nicht so neugierig", stellte der Fremde fest.

„Welche anderen? Was passiert, wenn ich hierbleibe?"

„Schon wieder zwei Fragen."

Lano runzelte die Stirn. Warum beantwortete diese seltsame Gestalt seine Fragen nicht? Den Fremden ignorierend trat er weiter auf die Wiese hinaus und suchte den Himmel ab. Keine Sonne. Es gab auch keine richtigen Schatten. Als käme das Licht von überall her.

Ob der Fremde aus der Ersten Stadt kam? Ein Schauer durchlief Lano, als er an die dunklen Türme dachte und die schwarzen glatten Oberflächen. Sein Gefühl sagte ihm, dass er dem Fremden nicht trauen konnte. Dieser hatte ihn beäugt, als wäre er, Lano der Heiler, ein gefährliches Raubtier. Und er wollte partout seine, doch recht banalen, Fragen nicht beantworten. Irgendetwas stimmte hier ganz und gar nicht.

„Ein schöner Anblick, nicht wahr? Du darfst auch etwas mit nach oben nehmen."

Lano ließ sich den Schreck nicht anmerken. Der Fremde war vollkommen lautlos neben ihn getreten. Lano spürte auch keine Präsenz, als wäre das Wesen irgendwie - leer.

„Oben? Also sind wir hier unter der Erde", stellte Lano fest. Eine weitere Frage beantwortet. „Ich möchte Wissen mit nach oben nehmen. Beantworte meine anderen Fragen."

Doch der Fremde hüllte sich wieder in Schweigen. Lano betrachtete einen Moment lang dessen gefächerte Antennen, wandte jedoch bald seinen Blick wieder den dunklen Gestalten am Horizont zu. Hochentwickelte Vierbeiner, kein Zweifel. Und die sollten an einem einzigen Tag entstanden sein? Wie lange dauerte hier ein Tag?

Lano brauchte etwas, um die Zeit zu messen, er hatte ja keinen freien Blick auf die Gestirne von hier unten.

„Wann ist der Tag zu Ende?", versuchte Lano es abermals.

„Bald", lautete die schwammige Auskunft.

„Und woran merke ich, dass der Tag zu Ende geht?"

„Wenn ich dich zurückbringe."

Die ausweichenden Antworten des Fremden stellten Lanos Geduld auf eine harte Probe.

„Und wenn ich mich nicht zurückbringen lasse?" Herausfordernd blickte Lano der hochgewachsenen Gestalt in ihr käferartiges Antlitz.

„Dann wirst du vergehen, wie alles andere hier."

Vielleicht lasse ich es darauf ankommen, dachte Lano trotzig. Zielstrebig begann er, auf die großen Vierbeiner zuzugehen.

„Eine gute Wahl. Nimm dir zwei Junge mit, ein männliches und ein weibliches."

Lano beachtete den Fremden nicht.

Ich werde ihn hinhalten, bis es zu spät ist, überlegte er. Ich werde herausfinden, was hier los ist. Laut sagte er: „Ich möchte keines dieser Tiere mitnehmen. Wir haben kein Futter für große Tiere dort oben." Die Augen direkt auf den Fremden gerichtet fuhr er fort. „Warum können wir nicht zum Jagen oder Sammeln hierher kommen?"

„Niemand kann die Wiege ein zweites Mal betreten. Ein zweites Mal bedeutet den Tod."

„Also bist du heute auch zum ersten Mal hier", stellte Lano fest.

Der Fremde schwieg und wiegte unmerklich den Kopf.

Oder du belügst mich, dachte Lano verärgert, und willst die Beute für dich allein.

Was ging hier vor? Ob er den Fremden zu einer Antwort provozieren konnte? Er versuchte es: „Du kommst doch aus der Ersten Stadt, nicht wahr? Wovon ernährt ihr euch? Ich habe noch nie einen von euch gesehen, also müsst ihr hierher kommen, um Nahrung zu suchen. Wollt ihr nicht mit uns teilen? Ist es das?"

„Wir müssen jetzt gehen. Wähle, was du mitnehmen willst. Wähle gut."

Lano blickte nach oben. Tatsächlich hatte der Himmel an Leuchtkraft verloren. All diese Tiere und Pflanzen - würden sie wirklich sterben? Was war das für ein schrecklicher Ort?

Da Lanos Fragen nicht beantwortet wurden und er kein Interesse daran hatte, etwas mit nach oben zu nehmen, das dort nicht überleben konnte, musste er sich etwas anderes ausdenken. Wie konnte er den Fremden austricksen? Lanos Mund verzog sich zu einem breiten Grinsen.

„Ich wähle dich."

Der Fremde starrte ihn entgeistert an. „Nein", flüsterte er.

„Warum? Ich möchte dich mitnehmen. So einen wie dich habe ich noch nie gesehen."

„Bitte." Plötzlich wirkte der Fremde nicht mehr kalt und überheblich. Er hatte Angst.

„Dann beantworte mir meine Fragen."

„Ich darf nicht. Bitte."

Der Himmel hatte sich in kurzer Zeit blutrot verfärbt und wurde immer dunkler. Etwas wie ein Sturm schien sich am Horizont abzuzeichnen.

„Wir müssen jetzt gehen. Bitte ...", der Fremde riss eine Pflanze aus der Erde und reichte sie Lano, „bitte, nimm diese Pflanze und komm mit mir. Tu, was man dir sagt, so wie die anderen vor dir."

„Nein", erwiderte Lano. „Ich bin ein Heiler. Ich lasse mich nicht herumkommandieren."

Der Fremde packte ihn am Handgelenk. „Komm. Wir müssen weg."

„Wie? Das Loch durch das ich gefallen bin, ist verschwunden."

„Es gibt einen anderen Ausgang. Ich bringe dich hin." Verzweifelt zerrte der Fremde an seinem Handgelenk.

Lano seufzte. „Na gut." Die angebotene Pflanze nahm er jedoch nicht an.

Der Fremde drängte ihn zum Wald zurück. „Du hast noch nichts gewählt", erinnerte er Lano erneut.

„Doch, das habe ich."

Der Sturm hatte sie mittlerweile erreicht. Er schien alles mitzureißen und zu verschlingen. Der Fremde war stehengeblieben, Panik im Blick.

Er weiß nicht, was er tun soll, durchfuhr es Lano. Er weiß nicht, ob er lieber die Vernichtung riskiert oder mit mir geht. Er fasste einen Entschluss. „Rette dich, Fremder. Ich werde bleiben!"

„Du musst etwas wählen. Du kannst mich nicht wählen. Du darfst hier nicht bleiben," kam die beharrliche Antwort.

Lano rammte seinen Stab in die Erde und richtete sich kerzengerade auf. „Ich kann und ich werde. Ich bleibe hier. Ich habe keine Angst."

Das stimmte überhaupt nicht. Lano hatte nicht das Verlangen bereits zu sterben. Und er hatte eine Riesenangst vor dem, was vielleicht passieren würde. Angeblich.

Und dann war es soweit. Der Sturm riss alles um ihn herum weg. Die säulenartigen Pflanzen. Die grünen weichen Polster. Steine und Blätter wurden herumgewirbelt. Auch der Fremde wurde mitgerissen, aber Lano blieb unversehrt. Die Zerstörung machte einen Bogen um ihn.

Der Sturm wurde immer stärker, Lano stand inmitten eines ohrenbetäubenden Wirbels. Er wollte sich die Ohren zuhalten, aber er traute sich nicht, sich zu bewegen, achtete darauf, mit beiden Füßen fest auf dem zu stehen, auf was auch immer er jetzt stand, und den Stab genau dort zu halten, wo er ihn in den Boden gerammt hatte. „Ich werde sehen, was hier dahintersteckt."

Plötzlich war es vorbei. Lano konnte wieder festen Boden unter seinen Füßen spüren. Um ihn herum sah es genau so aus wie zuvor. Die Säulenpflanzen, die weichen grünen Polster, das diffuse Licht von oben. Nur der Fremde war verschwunden.

In Lano stieg ein Gefühl des Triumphes auf. Er hatte recht damit gehabt, zu bleiben, der Sturm hatte ihm nichts anhaben können. Genau wie die Pflanzen und die Tiere dieses Ortes hatte er den Wirbel unbeschadet überstanden, während der Fremde einfach verschwunden war.

Darum wollen sie uns fernhalten, überlegte Lano. Wir gehören hierher und sie nicht.

Sein Herz machte einen Sprung bei dieser Erkenntnis. Er gehörte in die Grünen Tiefen! In dieses Paradis voller Leben! Sein Kopf schwirrte.

Nun jedoch musste er noch einen Weg nach draußen finden, um Höba zu berichten. Aber er würde wiederkommen und nicht allein. Hier gab es Überfluss und an der Oberfläche fehlte es an allem. Das würde Lano ändern. Endlich würde es sauberes Wasser und ausreichend Nahrung geben für alle.

Er sah sich um. Laut dem Fremden musste es hier einen Ausgang geben. Nicht weit entfernt von ihm war eine Felswand sichtbar. Vielleicht verbarg sich dort ein weiterer Durchlass, der vermutlich in der Ersten Stadt endete.

Ein lautes scharrendes Geräusch ließ ihn innehalten. Es schien von der Felswand zu kommen. Wie die Schritte vieler großer Insekten, durchfuhr es ihn. Ich muss mich verstecken!

Behände kletterte Lano auf eine der Säulenpflanzen, keine große Schwierigkeit für einen geübten Felsenkletterer, wie er einer war. Zwischen den Blättern versteckt auf einer dicken Verzweigung der Pflanze liegend, hielt Lano den Atem an und schaute nach unten.

Heiß und kalt überlief es ihn, als die Felswand sich wie eine Tür öffnete und eine ganze Reihe schwarzer, hochgewachsener Gestalten ausspie, alle größer und breiter gebaut, als der verschwundene Fremde.

Krieger, dachte Lano.

Einer von ihnen stellte sich breitbeinig auf: „Er muss hier irgendwo sein. Durchsucht alles. Er darf es nicht erfahren. Nie wieder werden die Menschen, die sich jetzt Onock nennen, die Herrschaft über uns bekommen."

Die Krieger verteilten sich und begannen hinter jedem Busch und jedem Felsvorsprung nachzusehen. Keiner blickte nach oben.

Lano wartete, bis der Trupp außer Sichtweite war, dann kletterte er leise hinab und schlüpfte durch den Ausgang in der Felswand.

Mit klopfendem Herzen erklomm er eine endlose Treppe aus schwarzem Stein, auf der es keinerlei Versteckmöglichkeiten gab.

Hinter den durchscheinenden schwarzen Wänden schienen sich Schatten zu bewegen, doch niemand stellte sich ihm in den Weg, niemand hinderte ihn daran, an die Oberfläche zurückzukehren.

Höba hatte einen ganzen Tag und eine ganze Nacht durchwacht. Noch nie war einer ihrer Schüler so lange weggeblieben. Hatte sie Lano zu früh hinabgeschickt? Immer wieder ließ sie ihren Blick über die nähergelegenen Krater schweifen, aus denen erfahrungsgemäß die Besucher der Grünen Tiefen zurückgeschickt wurden.

Im Schein der aufgehenden Sonne fiel ihr auf einmal eine dunkle Gestalt auf, die zwischen den hohen, schwarzen Felsnadeln der Ersten Stadt heraustrat und auf sie zukam. Sie trug das weite Gewand und den Wanderstab eines Heilers.

Es war Lano.

Früher Morgen
Graues Halbdunkel
Du weißt, dass es Farben gibt
Aber du siehst sie nicht.

Tag 16

Wenn die Leute sich später an Tag 16 erinnerten, kam es ihnen vor, wie ein Traum. Es war alles so schnell gegangen. Und plötzlich war die Welt eine andere.

Wie ein schwangerer Wal hing das klobige Transportschiff im Orbit. Kleine Ernteshuttles flitzten in Hangar 1 hinein, lieferten ihre Ladung ab und flogen wieder zum Planeten zurück. Große Förderschnecken und Schieber transportierten das Gut ins Schiffsinnere. Es war kein „Druckgut" dabei, wie die Arbeiter es nannten. Keine Salate, weichen Früchte und dergleichen. Die wurden in Hangar 6 abgeladen, auf der anderen Seite des Schiffes.

Eine kleine Zweimannpatrouille schritt mit wichtiger Miene über eine der Wartungsbrücken und warf hin und wieder einen Blick auf die entladenen Güter. Es kam gelegentlich vor, dass jemand versuchte, sich zwischen dem Getreide zu verstecken, um als blinder Passagier an Bord zu gelangen. Nicht selten endeten diese Unternehmungen in einer Förderschnecke. Kein schöner Anblick.

Eigentlich verfügten alle Shuttles über einen Bioalarm, damit kein Ungeziefer an Bord geschleppt wurde. Die heimlichen Mitfahrer drückten einfach das Not-Aus, das für das Wartungspersonal installiert worden war. So schalteten sie die Bio-Abwehr aus und die Lebenserhaltung ein.

Natürlich gab es auch reguläre Personenschiffe, aber die Reisekosten überstiegen in der Regel das Jahresgehalt eines einfachen Erntehelfers. Man saß dort fest, wo man geboren worden war, trotz interplanetarem Handel und der transgalaktischen Planetenallianz.

Neben den Ernteshuttles gab es noch eine zweite

Möglichkeit, an Bord eines Transportschiffes zu gelangen. Diese Alternative wählte Jil.

Im „Barn Inn" bestellte Sicherheitsoffizier Signum Tan sich sein drittes Ale, dazu einen Kurzen. Das war nicht seine Art, Signum Tan trank nie, aber heute war er zu einer deprimierenden Erkenntnis gelangt.

„dsiejer blöde Erndedransborder ...", nuschelte er. „Hicks. Hübwen von einem Blaneden sum anderen, sammeln ds Seug ein und - hicks - dann hübwen wir weider ..." Er wischte sich eine Träne aus dem Gesicht und rief „ds is nich vair!" Worauf er den Kurzen kippte und mit unsicherer Hand das Glas wieder auf den Tisch stellte. „S ne Schscheise", sagte er zu der Welt im Allgemeinen. Er starrte auf den leeren Sitzplatz ihm gegenüber. „Schscheiss Djob, schscheis Mmmmänner, schscheis Vrauen ... Gellner, noch nen Gursen ..."

Der Kellner tat so, als ob er ihn nicht gehört hätte. Klar, die Leute kamen zum Trinken, aber die meisten, die tranken, waren nicht schon nach zwei Bier sternhagelvoll.

Jil saß in einer dunklen Ecke am Tisch gegenüber und beobachtete den Offizier. Er war recht zierlich für einen Mann und kam ihr reichlich jung vor für einen Offiziersgrad.

Bestimmt aus reichem Hause, dachte sie verächtlich. Hat sich noch nie die Hände schmutzig machen müssen.

Freunde schien er auch keine zu haben. Ein bisschen tat er ihr ja leid. Aber das konnte sie sich nicht leisten.

Geschmeidig wie eine Katze erhob Jil sich von ihrem Sitzplatz und trat zu Signum Tan an den Tisch. Sie deutete auf den leeren Stuhl. „Ist hier noch frei?"

Der Mann sah sie aus trüben Augen an. „Dud mir lleid, isch bin gerade indisboniert."

Jil lächelte und setzte sich trotzdem. Sie winkte dem Kellner: „Ein Ale und ein ‚Barn Inn Spezial' bitte." Dann wandte sie sich dem Offizier zu. „Hallo, ich bin Jil. Sie sehen aus, als könnten Sie einen Freund gebrauchen."

Signum Tan beäugte sie misstrauisch. „S wollen Sie?", brachte er schließlich hervor.

„Wie kommen Sie darauf, dass ich etwas will?"

„Alle wwollen immer edwas von mir. Und dann hauen sie ab. Hicks. Alle hauen immer ab."

Das gestaltete sich schwieriger als Jil gedacht hatte. Normalerweise hatte sie eine andere Wirkung auf Männer.

Das Blöde war, sie wollte tatsächlich etwas von ihm. Und sie würde ihn ausnutzen und abhauen.

„Ch ganns an Ihrer Sdirn ablsen. Sie wolln edwas, wolln mich ausnudsen wie alle andren auch ... ja das isd mein Schiggsal." Er setzte sein Ale an, trank es in einem Zug leer und kippte wie ein Sack Mehl vom Stuhl.

Das war zwar nicht Jils Plan gewesen, aber so ging es auch. Sie winkte dem Wirt zu „Hey, schreib's an, Matt. Ich bring meinen Kumpel mal ins Bettchen", packte den bewusstlosen Offizier unter den Achseln und schleppte ihn vor die Tür. Niemand kümmerte sich um sie, Hauptsache, sie brachte den Müll raus.

Draußen hievte sie den Mann bäuchlings auf ihr Schwebebike und zog ihm Jacke und Shirt aus. Sie selbst schlüpfte in das Shirt, die Jacke zog sie dem Offizier wieder an. Nun sah sie auf den ersten Blick wie ein Crewmitglied aus. Sie warf das Bike an und, neben dem Bike herlaufend, dirigierte sie es in Richtung Shuttlehafen.

Ohne Probleme gelangte Jil an Bord des Shuttles. Der Wachposten, der, aus lauter Protest, dass er sich nicht in der Stadt herumtreiben durfte, wohl einen im Dienst gezischt hatte, winkte sie ohne Federlesens durch. „Na, Schätzchen, der hat wohl zuviel gefeiert?"

Sie hatte nur gelacht und genickt und war ungeniert mit dem Bike als Transportkarren an Bord gelangt.

Die Schlafkojen hatte sie zum Glück sofort gefunden. Mit der Schlüsselkarte, die sie aus der Hosentasche des Offiziers gefischt hatte, probierte sie einfach eine Tür nach der anderen aus. Falls jemand sie dabei erwischen sollte, konnte sie ja behaupten, dass sie den Mann sooo gut nun auch wieder nicht kenne, *lach*.

Aber dazu kam es nicht. Ungefähr in der Hälfte des Flures blinkte eines der Türschlösser grün auf, als sie die Karte daran vorbeizog. Jil drückte die Tür auf und enthüllte eine kleine Koje mit vier Schlafplätzen, einem Mittelgang und einer Waschschüssel.

Sie zerrte den Typen von ihrem Bike und schleppte ihn, die Füße über den Boden nachschleifend, auf eines der unteren Betten. Das Bike schob sie ebenfalls in die Koje, bevor sie die Tür hinter sich schloss. Fiebrig sah sie sich um. Es schien nur ein Bett belegt zu sein. Es gab auch nur einen Kulturbeutel. Zur Sicherheit hängte Jil das Schild „nicht stören" außen an die Tür und verbarrikadierte sie mit ihrem Bike von innen.

Der Mann auf dem Bett stöhnte auf. Werd jetzt bloß nicht wach, flehte Jil in Gedanken. Sie wühlte in seinen Sachen und fand ein Halstuch, das sie als Knebel benutzen konnte. Die Hände des Mannes fesselte sie mit dem Schultergurt seiner Reisetasche, für die Füße nahm sie ein Hemd. Als sie gerade dabei war, seinen Knebel festzuziehen, schlug der Offizier die Augen auf. Zu Jils Erstaunen war er sofort hellwach und schaute sie alarmiert an.

„Keine Panik", raunte Jil, „Ich tu ihnen nichts. Ich will bloß eine Fahrkarte von hier weg. Nichts Persönliches."

Der Blick des Mannes schweifte durch die Koje. Er atmete erleichtert aus, als er erkannte, dass er offenbar in seiner eigenen Koje war. Er runzelte die Stirn und schüttelte den Kopf.

„Mae i ie e ee lo", nuschelte er durch den Stoff.

„Ich will nicht, dass sie schreien."

Signum Tan ließ sich kraftlos zurücksinken und starrte die Unterseite des Etagenbettes an.

Zu Jils schlechtem Gewissen gesellte sich Panik. Sie hatte sich ganz schön blöd angestellt. Besser wäre es gewesen, den Typen in seiner Koje abzuliefern und sich dann irgendwo zu verstecken. Nun wusste er von ihr, und irgendwann würde man ihn vermissen. Sie vergrub das Gesicht in den Händen.

Jil spürte, wie sich die Blicke ihres Gefangenen in die Rückseite ihrer Hände bohrten. Sie sah auf. Der Typ sah sie aus weichen Augen an. Was war denn das für einer? Jil wurde wütend. Wollte er jetzt vielleicht den Verständnisvollen spielen? Einen auf Kumpel machen? Tatsächlich richtete der Offizier sich mit einem Ruck auf, stieß sich dabei den Kopf an der oberen Bettkante, stand unbeholfen auf und hoppelte von seiner Seite der Koje zu ihr herüber. Wie ein Sack Kartoffeln ließ er sich neben sie aufs Bett plumpsen. Er sah sie von der Seite an.

„I üe ie a een, ae ..." Er zuckte die Achseln.

Jil seufzte. Die Situation war sowieso verkorkst.

„Na gut, aber nicht schreien." Sie löste den Knebel.

„Danke."

„Sie erholen sich ja schnell - ich musste sie hierher tragen!"

Er lächelte verlegen. „Ja, das ist bei meiner Rasse so. Aber sonst trinke ich nie. Ich weiß, ich war nur Mittel zum Zweck, aber ich bin trotzdem froh, dass mich jemand vom Boden aufgelesen und nachhause gebracht hat."

„Ich habe mir da ganz schön was eingebrockt."

„Was ist ein ‚Barn Inn Spezial'?"

„Ein ekliges Zeug. Es macht sie nüchtern - unter anderem."

„Sie wollten mich *nüchtern* machen?" Signum Tan lächelte belustigt.

„Ich wollte Sie verführen und auf diese Weise ins Shuttle kommen. Sie waren zu betrunken - außerdem hat das Getränk noch andere ... Nebenwirkungen."

Signum Tan zog die Augenbrauen hoch. „Jil, nicht wahr? Ich bin Signum Tan." Er wackelte mit den gefesselten Händen.

„Nein, vergessen Sie es. Es war schon leichtsinnig, Ihnen den Knebel abzunehmen."

„Die Kojen sind schalldicht. Sonst würde hier niemand zur Ruhe kommen. Außerdem, leichtsinnig war es eher, sich mit mir hier zu verschanzen. Was kommt als Nächstes? Wie wollen Sie aufs Schiff gelangen? Und was erwarten Sie sich davon?" Er machte eine Kunstpause. „Hören Sie, der Transporter reist im Moment von einem Planeten zum anderen und sammelt und tauscht Erntegüter. Das wird noch einige Monate so weitergehen, und keines der Ziele, die wir in dieser Zeit anfliegen, ist interessant für Sie. Da können Sie ebenso gut hierbleiben."

„Aber - ihr müsst doch auch mal an aufregende Orte gelangen - die sind es doch, die am Ende die Güter brauchen."

„Ja, wir treffen unterwegs auf kleinere Handelsschiffe und die fliegen die Metropolen an. Und, falls Sie jetzt denken, dass sie sich ja dann dort an Bord schleichen könnten - dort werden Sie sicher auffliegen. Das sind kleine Schiffe mit wenig Besatzung. Da kann man sich nicht in der Menge verstecken."

Jil sackte zusammen.

„Ich würde sie ja gern trösten ...", begann Signum aber Jil funkelte ihn böse an, bevor er den Satz beenden konnte. „Ich werde Ihre Fesseln nicht lösen! Halten Sie mich für bescheuert?"

Signum erwiderte nichts, wiegte nur vielsagend den Kopf.

Jil musste zugeben, dass der Mann nicht unrecht hatte. Sie hatte sich in eine Sackgasse hineinmanövriert, aus der sie nur mit viel Glück wieder herauskam.

„Noch ist nichts Schlimmes passiert", versuchte Signum Tan es erneut. „Wir könnten so tun, als hätten wir die Nacht zusammen verbracht und morgen spazieren Sie einfach wieder hinaus auf Ihren Planeten." Er sah sie erwartungsvoll an. „Da draußen, im All meine ich, ist es auch nicht besser als hier, auf Ihrem Planeten, glauben Sie mir ruhig."

„Sitzen Sie deshalb an Ihrem freien Tag allein in einer Bar und betrinken sich?"

An der Art, wie ihr Gegenüber das Gesicht verzog, wusste Jil, dass sie ins Schwarze getroffen hatte. „Ich weiß, ich bin in einer schwierigen Lage, aber wenn ich noch einen Tag auf diesem gottverdammten Planeten verbringen muss, mache ich meinem Leben ein Ende. Das schwöre ich."

Signum wollte etwas erwidern, doch ein leichtes Brummen und Vibrieren ließ ihn verstummen. Er versuchte, auf seine Armbanduhr zu sehen, schaffte es nicht und hielt sie Jil hin. „Schauen Sie mal, was für ein Tag ist heute und welche Uhrzeit haben wir?"

Jil beugte sich nach unten und verdrehte den Kopf. „Tag sechzehn des allgemeinen Kalenders. Vier Uhr morgens lokale Zeit."

„Binden Sie mich los!"

Er wirkte alarmiert, aber Jil ließ sich nicht beirren. „Nein!"

„Binden Sie mich los, der Spaß ist vorbei. Hören Sie dieses Brummen?"

„Ja, die Schiffsmotoren. Ist doch gut, endlich geht's los."

„Wir dürften noch nicht starten. Wir legen erst morgen ab. Irgendetwas stimmt nicht. Binden Sie mich los!" Die letzten Worte wiederholte der Offizier mit einem Anflug von Ungeduld und einer Bestimmtheit, die Jil noch nicht an ihm kannte. Da sie jedoch keine Anstalten machte, ihn zu befreien, hüpfte er zum Fenster und versuchte, die Sichtbarriere mit der Nase nach oben zu schieben. Er schaffte einen kleinen Spalt und schielte hinaus. Draußen liefen Crewmitglieder und Bodenpersonal umher wie aufgeschreckte Hühner. Ein Rumpeln ging durch das Schiff. Mit einem Ruck befreite es sich von der Andockvorrichtung und löste ein schrilles Alarmsignal aus.

Signum Tan warf Jil einen auffordernden Blick zu. *„Binden Sie mich los!* Das sind vielleicht Piraten! Kommen Sie schon."

Jil hatte ebenfalls einen Blick aus dem Fenster riskiert und gerade noch gesehen, wie beim Start eines der Andockkabel einfach abgerissen war. Das war kein normaler Start. Sie resignierte. „Na gut. Aber keine faulen Tricks."

Während Jil an dem Knoten nestelte, klangen Schreie und schwere Schritte zu ihnen hinein.

„Schalldicht, was?"

„Hm ja, das war geschwindelt", gab Signum zu. „Aber ich habe Sie nicht verraten, also ..."

„Ja, schon gut."

Im Raum neben ihnen wurde die Tür eingetreten. „Raus!" Brüllte eine Männerstimme. „Raus hier, verdammt! Ab in den Laderaum!"

Signum Tan schnappte sich Jil und bugsierte sie zur Leiter. „Los, nach oben, schnell", flüsterte er. Er schob das Bike von der Tür weg und kletterte ihr nach, drückte sie in die Ecke zwischen sich und Matratze. „Hey!", beschwerte sich Jil.

„Versuchen Sie, ganz still zu sein."

„Das bringt doch nichts. Die sehen uns doch, sie Genie."

Signum Tan drückte ihr die Hand auf den Mund. „Still. Vertrauen Sie mir."

Die ungebetene Nähe war Jil unangenehm. „Liegen Sie still!", zischte der Sicherheitsoffizier.

Der schrillende Alarm erstarb. Kurze Zeit später flog mit einem lauten Knall die Kabinentür auf. Zwei schwarz gekleidete, breitschultrige Männer stürmten in den Raum. „Hier ist niemand." Der Blick des Sprechers glitt über Jil und Signum.

Jil klopfte das Herz bis zum Hals. Zu ihrem Erstaunen schienen die beiden Eindringlinge sie nicht zu bemerken. „Ausgeflogen. Cooles Bike, Mann."

Die Männer entfernten sich und nahmen sich die nächste Tür vor.

Erst als es still im Flur geworden war, nahm Signum seine Hand von Jils Mund und richtete sich vorsichtig auf. „Es tut mir leid."

Als sie etwas antworten wollte, legte er den Finger an die Lippen und bedeutete ihr mit Handzeichen, das Zimmer zu verlassen.

Bevor sie die Koje verließen, schaute er sich im Flur um. „Bleiben Sie immer dicht hinter mir", wies er sie leise an. „Nicht wegschleichen!"

Jil hatte erwartet, Signum Tan würde sie zu einem Versteck führen. Stattdessen geleitete er sie schnurstracks in das Halbdunkel des Cockpits. Eine Frau im schwarzen Kampfanzug steuerte das Shuttle. In einer Ecke des Cockpits saßen Crewmitglieder gefesselt auf dem Boden. Signum schob Jil hinter eine Konsole und schlenderte, zu Jils Entsetzen, in die Mitte des Raumes, wo er stehenblieb und sich umsah. Niemand reagierte auf ihn.

Wie vorhin in der Kabine, dachte Jil. Als ob er unsichtbar wäre. Aber ich kann ihn doch auch sehen!

Signum Tan trat neben die Pilotin, sah sich das Schaltpult einen Moment lang an und drückte dann auf einen Knopf. Ein Ruckeln ging durch die Maschine.

„Elektronische Flugassistenz ausgeschaltet", quäkte eine Computerstimme.

„Was?", rief die Pilotin aus. „Aber das hab ich doch gar nicht ..." Das Shuttle geriet ins Schlingern und brachte die beiden Luftpiraten, die im hintern Teil des Cockpits Wache standen, ins Stolpern. „Nika, was zum Teufel soll das!", beschwerte sich einer von ihnen.

Signum Tan hatte sich inzwischen zu den Gefangenen begeben und machte sich daran, einen von ihnen zu befreien. Auch der Gefangene schien Signum nicht zu bemerken bis dieser ihm ins Ohr flüsterte. Er bugsierte den Mann zu Jils Versteck. „Jil, das ist der Kapitän. Er ist verletzt. Bitte begleiten Sie ihn zum Maschinenraum, dort gibt es ein Notcockpit." Er blickte hinter der Konsole hervor. Die beiden Männer beugten sich über das Schaltpult und versuchten herauszufinden, wie sie die Flugassistenz wieder einschalten konnten. „Los, solange sie noch beschäftigt sind." Er schubste die beiden in den Korridor. Jil stützte den Kapitän, der so schnell humpelte, wie er konnte. Sie sah sich um. „Kommt er nicht mit?"

Der Kapitän schüttelte den Kopf. „Er wird vorerst meinen Platz einnehmen, damit mein Verschwinden nicht sofort auffällt. Sehen Sie, Signum hat ein besonderes, sagen wir, Talent. Die Leute nehmen ihn nicht richtig wahr, er kann ungesehen überall hin. Er wird einfach so unscheinbar, dass niemand ihn beachtet, manchmal auch, wenn er es gar nicht will."

„Aha. Cooles Talent. Aber in der Bar stach er heraus, wie ein Papagei auf einer Schildkrötenfarm."

„In der Bar? Wer sind Sie überhaupt, junge Dame?"

„Ach, nur ein blinder Passagier", gab Jil unverblümt zu.

Der Kapitän zwinkerte ihr zu. „Ah, verstehe. Sie und Signum also."

Jil lächelte verlegen. „Ja, das ist jetzt nicht, wie sie denken ..."

„Halt, hier ist es", unterbrach sie der Kapitän.

„Ist der Maschinenraum nicht bewacht?"

„Nein. Die sind nur zu dritt, zum Glück. Es waren mehr, aber die haben komischerweise das Shuttle wieder verlassen, bevor es gestartet ist. Hatten wohl noch was anderes vor."

Sie betraten ungehindert den Maschinenraum. Da war tatsächlich niemand.

„Wir schließen uns besser ein." Der Kapitän gab einen Code in die Kontrolltafel neben der Tür ein. „Nun brauchen sie erst das Passwort."

„Und wenn sie auf die Kontrolltafel feuern?"

Der Kapitän lachte. „Das funktioniert nur im Film." Er zeigte auf eine Konsole: „Bitte bringen Sie mich dorthin."

Dort angekommen drückte der Kapitän auf einen Knopf, worauf sich ein kleiner Notsitz auseinanderfaltete und eine Schrift auf dem Schirm erschien: „Cockpit-Transfer bestätigen".

„Hey, was ist das denn wieder für ein Mist?", fluchte die Pilotin. „Das Steuer reagiert jetzt gar nicht mehr!" Sie wandte sich an die beiden Männer. „Habt ihr einen übersehen? Da versucht jemand, die Kontrolle über das Shuttle zu übernehmen!"

„Nein, Nika, wir haben überall nachgesehen."

„Und wenn sich jemand versteckt hat? Du ..." Sie zeigte auf Signum Tan, den sie für den Kapitän hielt. „Gibt es ein Not-Cockpit an Bord? Wo ist es?"

Signum schüttelte den Kopf. „Ich kann ihnen nicht helfen. Ich bin nur ein Passagier."

„Jetzt red keinen Mist, du bist doch der Kapitän des Schiffes ..." Die Frau namens Nika runzelte die Stirn. „Hey, Leute, das ist ... was geht denn hier vor? Das ist nicht der Kapitän!" Sie wandte sich an ihre Kollegen. „Wo zum Teufel ist der Kapitän?"

Die beiden Männer sahen sich ratlos an. Als die Piraten wieder in Signums Richtung blickten, war er verschwunden.

„Los, sucht ihn. Und findet diesen verfluchten zweiten Piloten!"

Die beiden Männer stürmten hinaus. Nika versuchte erneut, die Kontrolle über das Steuer zurückzugewinnen. Signum Tan, der den Raum gar nicht verlassen hatte, betäubte sie mit seiner Strahlenpistole und befreite die Gefangenen. Anschließend machten sie sich auf die Suche nach den beiden Männern und setzten diese ebenfalls außer Gefecht.

An diesem Tag waren überall, in allen Welten, Shuttles und Handelsschiffe gekapert, ebenso Regierungsgebäude und Banken gestürmt worden. Eine Organisation namens „Neue Menschheit" bekannte sich zu der Aktion. Das Shuttle auf dem Jil und Signum sich befanden, war eins von wenigen, das die Bewegung nicht unter ihre Kontrolle hatte bringen können.

„Tag 16 allgemeiner Kalender, sechs Uhr Übertragung,
In einer Blitzaktion wurden heute sämtliche Regierungsgebäude, militärische - und Handelseinrichtungen, deren Raumschiffe und Weltraumstationen eingeschlossen, von einer bis dato unbekannten Gruppierung namens ‚Die Neue Menschheit' übernommen, offenbar mit dem Ziel, die Herrschaft über alle bewohnten Welten zu übernehmen. Die Organisation erweist sich als äußerst gewalttätig und feindlich gegenüber nichtmenschlichen Rassen. Bitte bleiben Sie möglichst in Ihren Wohnungen und warten Sie ab, wie die Situation sich entwickelt. Hier ist die Freie Welle 42,6. Nächste Übertragung um sieben Uhr Abendzeit."

Signum Tan schaltete das Radio aus und blickte Jil an. „Ohne dich wären wir jetzt auch in der Hand der ‚Neuen Menschheit'."

Jil schüttelte den Kopf. „Du meinst wohl, ohne dich. Ich habe nicht viel gemacht."

„Du hast mich an Bord gebracht, als ich sturzbetrunken auf dem Boden lag. Auch wenn es aus Eigennutz geschah: Du hast genau das Richtige an diesem Tag getan."

„Und was geschieht jetzt?"

Er lächelte. „Jetzt erobern wir die Welt zurück."

Wir träumen und formen
Wir träumen und träumen
Unser Sein selbst werden
Um der Tod willen.

Swingerclub 2056

"Swingen Sie nicht Ihren Partner. Swingen Sie Ihren Körper!"

Alan starrte auf die Leuchtreklame, während um ihn herum die Welt in Trübsal versank. Was war nur passiert? Gab es überhaupt noch etwas, für das es sich zu leben lohnte? Er schaute auf seine Armbanduhr. 04:00 Uhr morgens. Wenn dieser blöde Bus nicht bald kam, holte er sich noch eine Lungenentzündung.

Es war ungewöhnlich kalt für August. Und es wurde fast nie hell. Dicke schwarze Wolken verhängten den Himmel und trieben die Menschen in Depression und Verzweiflung.

Susie streckte sich in ihrem Bett und schaute auf den Wecker. 04:05. Etwas hatte sie aus dem Schlaf aufgeschreckt. Vorher hatte sie geschlafen wie ein Stein. Sie sah an sich hinunter. Was hatte sie denn da an? Wie war sie überhaupt ins Bett gelangt?

Gestern war sie spät aus dem Büro nachhause gekommen. Aber was war dann passiert? Ihr Körper fühlte sich merkwürdig an. So weich und warm, als hätte sie Sex gehabt.

Leicht beunruhigt tappte sie ins Bad. Da fiel ihr Blick auf ein Fußkettchen das sie am linken Knöchel trug. Ihr Herz setzte einen Schlag aus. Zitternd ließ sie sich auf den Boden sinken und friemelte am Verschluss. Als sie das Kettchen endlich abgenommen hatte, bemerkte sie die Gravur: "Swingerclub 2056. Dauermitglied".

Ihr wurde schwindlig. Führte sie ein Doppelleben? Oder hatte sie jemand unter Drogen gesetzt und vergewaltigt? Susie schleppte sich zur Kloschüssel und übergab sich. Tränen mischten sich mit dem Erbrochenen. Hilfe. Sie brauchte Hilfe. Hastig zog sie das Negligee aus, das sie seit dem Verschwinden ihrer Partnerin nicht mehr getragen hatte, und schlüpfte in ihre Bürokluft.

Im Flur tastete sie nach dem Autoschlüssel und stolperte aus dem Appartement in Richtung Tiefgarage. Auf dem Weg nach unten stieß sie mit einem Mann zusammen.

„Entschuldigung", brummte er, "Sie wissen nicht zufällig, ob man hier drin irgendwo telefonieren kann?"

Susie starrte ihn verständnislos an.

„Geht es Ihnen gut? Kann ich Ihnen helfen?"

Susie schluckte. Ihr Mund war ganz trocken.

„Sie stehen ja unter Schock! Was ist passiert?" Er bemerkte ihr Misstrauen und kramte seinen Sanitäterausweis hervor. „Ich bin Sanitäter. Sie können mir vertrauen."

„Krankenhaus", murmelte Susie. „Ich muss ins Krankenhaus fahren."

Sie schwankte. Er bemerkte die Autoschlüssel. „Kommen Sie, ich werde sie fahren, wenn sie möchten. Sie sind nicht in der Lage dazu, am Ende bauen Sie noch einen Unfall."

Susie wankte. Ob sie dem Mann wohl vertrauen konnte? Hatte sie denn eine Wahl? Für solch eine Lappalie durfte sie keinen Rettungswagen anfordern, sonst drohten ihr eine saftige Geldstrafe und ein netter Gefängnisaufenthalt.

„Na gut", erwiderte sie schwach. „Der Wagen steht auf Ebene -24 in der Tiefgarage."

„OK. Dann mal los. Mein Name ist übrigens Alan."

„Susie."

Alan stützte sie, während sie die Treppen hinabstiegen. Natürlich war der Aufzug außer Betrieb. Die ganze Welt war außer Betrieb.

Alfredo träumte. Er lächelte im Traum. Er befand sich in einem fensterlosen Raum, in warmes Dämmerlicht getaucht sah er unbekleidete Gestalten. Eine junge Frau sprach ihn an. „Hey, Dario."

Ich heiße nicht Dario, wollte er sagen. Aber stattdessen sagte er: „Hallo, Blanche. Na, wieder Su' heute?"

Blanche lächelte. „Du magst sie doch, oder? Kannst dich wohl auch nicht von Alfredo trennen, was?" Gegen seinen Willen zog Alfredo die Frau an sich.

Was ist denn das für ein Scheiß Traum?, dachte er. Trotzdem küsste er sie. Widerwillig.

„Was ist los?", fragte Blanche / Su', die sein Zögern bemerkte.

„Ich stehe nicht auf Frauen", erklärte Alfredo, „Und mein Name ist nicht Dario." Er sah sich um, plötzlich hellwach. „Wo bin ich hier? Das ist kein Traum, oder?"

Entsetzt wich die Frau vor ihm zurück. „Ein Wandler!", kreischte sie. „Er ist ein Wandler! Security!"

Damien rieb sich die Stirn. Er war wohl im Sessel eingeschlafen.

Im Halbdunkel des Hotelzimmers schwankte er auf das Bad zu. Was war mit seinem Körper los? Irgendwie schien alles an der falschen Stelle und ihm taten sämtliche Knochen weh. Träumte er noch?

Im Bad knipste er das Licht an. Damien blinzelte. Er blinzelte abermals, aber das Bild wurde nicht schärfer. Warum konnte er nichts sehen? Er tastete sich zum Waschbecken und drehte den Wasserhahn auf. Das kalte Wasser auf Gesicht und Händen tat gut.

Er runzelte die Stirn. Seine Haut fühlte sich komisch an. Und seine Haare ... waren ihm über Nacht etwa die Haare ausgegangen? Damien lehnte sich nach vorn, bis seine Nasenspitze den Spiegel berührte.

Er blickte in das Gesicht eines fremden alten Mannes.

Die Nacht, die Nacht
Gedanken sammeln sich
In trüben Pfützen
Regentropfen gleich

Stille Erinnerung
Wie ein Spiegel
Längst vergessener Tage
Blind und dunkel
Ein Schimmern in der Ferne

Das Volk der Einsamkeit

Am ersten Tag schrumpfte Goth die Dinosaurier.
Am zweiten Tag versuchte er, sein Raumschiff zu reparieren.
Am dritten Tag versuchte er es erneut.
Am vierten Tag gab das Notsignal den Geist auf.
Am fünften und sechsten Tag trieb Goth in Hoffnungslosigkeit.
Am siebten Tag schließlich entdeckte er, dass es Säugetiere gab.
Am achten Tag veränderte er die Säugetiere, auf dass sie entweder kleiner, niedlicher oder nützlicher wurden.
Am neunten Tag entdeckte er die Affen.
Am zehnten Tag machte Goth die Affen zu Seinesgleichen. Er nannte sie: „Das Volk der Einsamkeit".

„Dieses verflixte, scheiß Notsignal!" Mit einem lauten „Klong!" flog der Schraubenzieher in die Ecke. „Blöde magieresistente Technik!" Er versuchte noch einmal, die Blockade aufzuheben.

„Befehl kann nicht ausgeführt werden. Warnung: Magie ist eine Gefahr für die Systeme!", quäkte ihn der Bordcomputer an.

„Goth, Amon, Code 41769, Override."

„Negativ. Befehl kann nicht ausgeführt werden."

„Verdammte Kiste, ich bin der Kapitän!"

„Und ich bin die Kiste. Magie ist eine Gefahr für die Kiste!"

Goth schnaubte. Wer war nur auf diese dämliche Idee mit den KI gekommen? Wer brauchte schon ein Raumschiff, das zurückmaulte?

„So kommen wir nicht weiter. Ohne Magie kann ich dich nicht wieder flott machen, verstehst du das nicht?"

„Magie ist eine Gefahr für die Systeme."

„Ja, schon gut. Ich geb's auf. Für heute. Vielleicht kann ich mir ja ein oder zwei Ingenieure ausbilden und in vier oder fünf Standardjahren ..."

`„In vier Jahren bin ich offline. Alle Solarpaneele sind bei der Landung zerstört worden."`

„Weißt du, mit Magie ..."

`„Magie ist ..."`

„Ich weiß, eine Gefahr für die Systeme."

Seufzend trat Goth aus dem Raumschiff heraus in die Sonne. Er blinzelte. Eine leichte Brise wehte, Vögel zwitscherten und die Dorfbewohner kochten Wildschweinsuppe. Langsam konnte man es hier aushalten.

Aber das Heimweh blieb. Niemand verstand ihn. Sie dachten, er sei irgendeine höhere Macht und beteten ihn an.

„Ich hab euch doch nur verändert, damit ich jemanden zum Reden hab", schnaubte er dann immer. Vollkommen rücksichtslos und egoistisch. Nicht zum Anbeten.

Vielleicht würden seine Aktionen ja die InGaPol[1] auf den Plan rufen, überlegte er, nicht ohne Hoffnung. Das würde ihm zwar eine Gefängnisstrafe einbringen aber auch eine Heimfahrkarte.

Die neuen Menschen hatten sich erstaunlich rasch an ihr Menschsein gewöhnt, fast augenblicklich. Erst hatte er nur zwei Exemplare geschaffen und ihnen ein bisschen Sprache und Moral beigebracht (gerade ich, dachte er, Moral, sowas Beschissenes). Danach hatte er immer mehr Affen verändert, bis es schließlich ein ganzes Dorf von ihnen gab.

Sie jagten für ihn, sie kochten für ihn, wuschen seine Kleidung und jeden Abend fanden sich Frauen vor seinem Schiff ein. Er schickte sie immer weg, zu seinem eigenen

---

[1]   Intergalaktische Polizei

Erstaunen. Eigentlich wollte er ja nur Gesellschaft, keine Diener. Er hasste es, bedient und hofiert zu werden.

Eines der Weibchen war bereits vor der Verwandlung schwanger gewesen und bald sollte der erste Mensch geboren werden. Dort wollte Goth mal wieder nach dem Rechten sehen. Er wusste zwar nicht allzu viel über Geburtshilfe, aber dafür hatte er ja die KI. Für irgendwas musste die Kiste ja gut sein.

Das Weibchen, das nun eine Frau war, nannte sich selbst „Vom Ast Gefallene".

„Hallo Ast", begrüßte er die Hochschwangere. „Wie geht es dir? Hast du schon Wehen?"

Vom Ast Gefallene saß vor ihrer Hütte und nahm ein Reh aus.

„Du sollst doch nicht mehr arbeiten, bis das Kind da ist."

Sie sah in wütend an. Komischerweise war Vom Ast Gefallene eine der wenigen Menschen, die ihn nicht anbeteten.

„Deine Seele ist schwarz", brummte sie missmutig. „Geh weg."

Goth war überrascht, wie schnell sie zu dem Konzept einer Seele gekommen waren. Das hatte er ihnen nicht beigebracht. Wenn sie von der Seele redeten, klopften sie sich immer zweimal mit der Faust auf die Brust, dort, wo das Herz war, und öffneten dann die Faust.

„Ja, meine Seele mag schwarz sein, aber ich möchte nicht, dass du bei der Geburt stirbst oder dein Kind."

„Warum?" Vom Ast Gefallene hatte das Steinmesser niedergelegt. „Wenn ich sterbe, machst du eine neue Frau." Sie zeigte in den nahen Wald, wo der Rest ihrer Sippe noch in den Bäumen hauste.

Goth seufzte. Er hatte Schöpfer gespielt. Und sollte die InGaPol je dahinterkommen, was er hier trieb, würde es Vertuschungen auf globaler Ebene geben.

Dann werden sie nicht einmal mehr wissen, woher sie eigentlich stammen, dachte er missmutig.

„Nein. Wenn du stirbst, werde ich nicht einfach eine neue Frau machen können, die irgendwann vom Ast gefallen ist. Wenn du stirbst, bist du nicht mehr da." So wie meine ganze Besatzung, dachte er bitter.

„Wo bin ich dann?"

„Ach, das weiß nicht einmal ich", erwiderte er schulterzuckend. „Niemand weiß das so genau, bis es dann soweit ist und man dorthin geht."

Vom Ast Gefallene wirkte erleichtert. „Dann ist es ja nicht so schlimm. Ich weiß heute auch nicht, wo ich morgen bin. Das weiß ich erst morgen."

Verdutzt blickte Goth die Frau an. Er kam sich auf einmal sehr dumm vor. Warum machte er sich solche Sorgen? Weil er sich verantwortlich fühlte. Er hatte sie verändert, und wenn ihnen nun etwas zustieß, war es eine Schuld.

Ich habe einen Fehler gemacht. Ich hatte Angst vor meinem eigenen Tod und dafür musste ein ganzer Planet büßen, dachte er verbittert. Aber nun war es, wie es war. Er hatte es getan.

Auf Hy hatten sie es auch getan, nur umgekehrt. Sie hatten die gegnerische Armee in Affen verwandelt. Damit hätte der Krieg erledigt sein sollen, doch der Plan war mächtig in die Hose gegangen. Die Affen hatten sich trotzdem gewehrt, stärker und aggressiver denn je zuvor. Goth und seine Mannschaft waren nur knapp entkommen, waren mit dem Raumschiff in einen Zeitstrudel geraten - der Rest war Geschichte.

„Vielleicht gibt es meinen Planeten gar nicht mehr", murmelte er.

Vom Ast Gefallene sah ihn fragend an. Auffordernd klopfte sie auf die freie Stelle neben sich. „Erleichtere deine Seele, Veränderer." Einladend wies sie mit der offenen Hand auf die Stelle im Staub. „Du kannst mir nicht helfen, aber ich kann dir helfen. Dafür hast du uns geschaffen, nicht war?"

Goth saß ein Kloß im Hals. Vom Ast Gefallene hatte recht. Er brauchte jemanden zum Reden.

Sie hörte ihm aufmerksam zu, und er erzählte ihr alles. Wie sie in Hy gescheitert waren, dass er seine Mannschaft verloren hatte, dass er hier gestrandet war. Wie schön es in seiner Heimat war, dass er sie nie wieder sehen würde. Vielleicht. Oder dass die InGaPol ihn finden würde.

„Wie ist eure Rasse entstanden?", fragte Vom Ast Gefallene unvermittelt.

„Wir wissen es nicht so genau. Erst war es wie hier. Es gab nur Tiere und es war gefährlich und unwirtlich. Dann gab es auf einmal uns." Er runzelte die Stirn. „Danach blieb irgendwie die Zeit stehen."

Vom Ast Gefallene lächelte. „Ihr hattet auch einen Veränderer."

Im ersten Jahr baute Goth eine Stadt.

Im zweiten Jahr eine Schule.

Im dritten Jahr gab die KI den Geist auf und er konnte endlich die Blockade überwinden.

Im vierten Jahr wurde er von der InGaPol verhaftet. Sie vernichteten alle Beweise, die belegten, dass es ihn gegeben hatte.

Im fünften Jahr brach Goth aus dem Gefängnis aus.

Im sechsten Jahr stahl er ein Raumschiff und flog zurück zum Volk der Einsamkeit.

Im siebten Jahr heiratete er Vom Ast Gefallene.

Im achten Jahr bekamen sie ein Kind.

Im neunten Jahr bekamen sie noch ein Kind.

Im zehnten Jahr wurde Goth von einem Affen erschlagen.

Dankbar fallen wir in Schlafes Schoss
Nach Frieden und tiefem Schlummer strebend.

Die Anspannung des Tages abgestreift
Schließen wir die Augen - und erheben uns
Zu nie gesehenen Orten zu fliegen,
Den Orten die stets da gewesen
In unseren Herzen und unseren Seelen,
Schön und schrecklich zugleich.

Dankbar fallen wir in Schlafes Schoss
Wahrheit und Wunder zu treffen.

Der erste Band der Nimrox-Reihe
Ein All-Age Sci-Fan-Abenteuer

Tobias ist anders. Wie anders, erfährt er, als er seine leibliche
Schwester kennenlernt: eine blauhäutige Außerirdische. Mit der
Hilfe von sprechenden Drachen und zwei Schamanen machen
die Geschwister sich auf die Suche nach ihren Eltern. Dabei
reisen sie durch die Zeit, schließen sich Rebellen an und lernen,
mit ihren übernatürlichen Kräften umzugehen.

CreateSpace Independent Publishing Platform 2016

Taschenbuch: ISBN-13: 978-1534773141
Kindle-Edition: ISBN 978-99959-988-0-6

Erhältlich bei Amazon, CreateSpace oder direkt beim Autor

Lieber Leser,

Du hast es bis auf die letzte Seite geschafft!
Leider ist es nun vorbei,
Aber wie ein uns allen wohl bekannter
Rosa Kater immer verspricht:
„Ich komm wieder ...“